Celtina

L'Épée de Nuada

Dans la même série

Celtina, La Terre des Promesses, roman, 2006.

Celtina, Les Treize Trésors de Celtie, roman, 2006.

Jeunesse

Le sourire de la Joconde, série Phoenix, détective du temps, Montréal, Trécarré, 2006.

Le Concours Top-Model, Montréal, Trécarré, coll. Intime, 2005.

L'amour à mort, Montréal, SMBi, coll. SOS, 1997.

La falaise aux trésors, Montréal, SMBi, coll. Aventures & Cie, 1997.

Une étrange disparition, Montréal, SMBi, coll. Aventures & Cie, 1997.

Miss Catastrophe, Montréal, Le Raton Laveur, 1993.

Adultes

Verglas (avec Normand Lester), Montréal, Libre Expression, 2006.

Quand je serai grand, je serai guéri! (avec Pierre Bruneau), Montréal, Publistar, 2005.

Chimères (avec Normand Lester), Montréal, Libre Expression, 2002.

Corinne De Vailly

CELTINA
L'Épée de Nuada

LES INTOUCHABLES

Les Éditions des Intouchables bénéficient du soutien financier de la SODEC, du Programme de crédits d'impôt du gouvernement du Québec et sont inscrites au Programme de subvention globale du Conseil des Arts du Canada.

Nous reconnaissons l'aide financière du gouvernement du Canada par l'entremise du Programme d'aide au développement de l'industrie de l'édition (PADIÉ) pour nos activités d'édition.

LES ÉDITIONS DES INTOUCHABLES
816, rue Rachel Est
Montréal, Québec
H2H 1K8
Téléphone: (514) 526-0770
Télécopieur: (514) 529-7780
info@lesintouchables.com
www.lesintouchables.com

DISTRIBUTION: PROLOGUE
1650, boulevard Lionel-Bertrand
Boisbriand, Québec
J7H 1N7
Téléphone: (450) 434-0306
Télécopieur: (450) 434-2627

Impression: Transcontinental
Conception de la couverture et logo: Benoît Desroches
Infographie: Geneviève Nadeau
Illustration de la couverture: Boris Stoilov

Dépôt légal: 2006

Bibliothèque et Archives nationales du Québec
Bibliothèque nationale du Canada

ISBN-10: 2-89549-232-8
ISBN-13: 978-2-89549-232-0

Chapitre 1

Le coracle* toucha terre sur une plage du pays des Unelles. Ogronios, le mois du froid, tenait parole : il gelait à pierre fendre et le sable crissait sous les pas des deux Celtes emmitouflés dans leurs peaux de bêtes. Celtina frotta ses mains rougies l'une contre l'autre ; ses doigts étaient engourdis par leur longue crispation sur les avirons.

Après avoir quitté Acmoda, la prêtresse et l'archidruide avaient entrepris un long voyage de retour, traversant la terre calédonienne, puis celle des Britons. Ils avaient enfin pris la mer chez leurs frères durotriges, juste en face des côtes gauloises.

À peine débarqué, Maponos aida la jeune fille à passer son ceinturon et à y accrocher son épée, maintenant ébréchée et, pour ainsi dire, inutilisable. Mais qu'importe, Celtina tenait à la conserver en souvenir de ses aventures à Acmoda. Elle mit son arc et son carquois sur son épaule droite. Pendant la traversée de Mor-Breizh, la mer de Bretagne, ils avaient longuement discuté de ce qu'ils allaient faire. L'archidruide devait absolument se rendre dans la forêt des Carnutes

9

pour prendre part aux fêtes de l'équinoxe* du printemps, l'Alban Eiler, consacrant l'équilibre du jour et de la nuit. Cette année, la célébration du retour de la lumière et de la mouvance des cycles serait placée sous les meilleurs auspices*, puisque le Sanglier royal était de retour. Nul doute que les peuples gaulois resserreraient les rangs autour de lui et se choisiraient enfin un roi unique pour mener le combat contre les Romains. Du moins, c'était ce que Celtina espérait. Maponos, pour sa part, en doutait encore fortement, mais il ne dit rien de ses incertitudes à la jeune prêtresse.

De son côté, Celtina avait décidé de reprendre sa route vers le sud en longeant les côtes, où elle espérait trouver les peuples les plus farouchement opposés aux Romains. Elle pourrait ainsi profiter de leur aide et de leur protection. La mission la plus importante à ses yeux maintenant était de retrouver sa famille. Il serait bien temps, ensuite, de chercher ses amis de l'Île sacrée pour rapporter les vers d'or à Avalon.

Maponos était un homme de peu de mots, ce n'était pas non plus un être qui s'épanchait facilement. Les adieux furent donc rapides et l'émotion, contenue. L'archidruide serra l'adolescente contre lui.

– Rends-toi à Crociatonum, tu y trouveras de l'aide. Les Unelles sont de fiers guerriers qui sauront te guider et te protéger. Va, lui dit-il.

Il la repoussa loin de lui et elle s'éloigna sans dire un mot. La bise balayait le sable qui lui picotait les yeux. Ou était-ce ses larmes qu'elle ne parvenait pas à retenir? Elle se lança à l'assaut des dunes qui semblaient danser sous l'effet du gwalarn*, le vent du nord-ouest qui faisait onduler les hautes herbes. Elle se retourna une fois, mais Maponos avait déjà disparu. Elle le chercha des yeux, en vain. Elle soupira longuement, puis reprit sa difficile progression dans le sable pâle.

Après plusieurs heures de marche exténuante, Celtina aperçut une longue traînée de fumée noire qui zébrait le ciel blanc. Inquiète, elle s'arrêta. Les yeux et les oreilles aux aguets, il lui sembla entendre une clameur dans le lointain, et surtout le son des carnyx et celui des boucliers que les guerriers frappaient en cadence lorsqu'ils allaient à la bataille. Elle se mit à courir, cherchant à repérer la direction d'où provenait le tumulte. Plus elle avançait, plus les chants et les cris de guerre étaient forts et clairs. Elle en connaissait la signification: les Unelles cherchaient à impressionner leurs ennemis. Le hennissement des chevaux et le roulement des roues de char étaient aussi perceptibles et ajoutaient à la cacophonie.

Du sommet d'une colline, la jeune prêtresse découvrit le champ de bataille. Les guerriers unelles, échevelés et ivres, autant de fureur que d'hydromel, se lançaient à l'assaut d'une troupe de Romains disciplinés et lourdement armés. Les Gaulois invectivaient leurs adversaires, tout en décochant javelots et flèches qui se brisaient sur les écus métalliques de la centurie. Les femmes unelles n'étaient pas en reste. Entièrement nues, la poitrine peinte de spirales bleues ou boueuses pour effrayer les combattants du camp opposé, elles se lançaient dans des corps à corps hystériques. Leur furie porta ses fruits, finissant par mettre en déroute la troupe romaine. Aussitôt, des chants et des cris de victoire montèrent des gorges celtes.

Celtina soupira de soulagement et dévala la colline pour rejoindre le camp victorieux à Crociatonum. Ce soir-là, ce fut la fête. La bière et l'hydromel coulèrent à flots et la nourriture, abondante, remplit les panses. Viridorix, le chef des Unelles, n'en était pas à sa première escarmouche contre les Romains. Il avait rassemblé autour des Unelles des rebelles éburovices et lexoviens, et avait décidé d'attaquer, dès que les auspices seraient favorables, le camp romain de Quintus Titurius Sabinus, légat* de César dans le Cotentin. La presqu'île que Viridorix contrôlait était une forteresse imprenable, se plaisait-il à clamer.

Au fur et à mesure que la nuit tombait et que la fête s'intensifiait, Celtina se sentait libre et légère. Son esprit se détendait, évacuant les tensions ressenties depuis plusieurs mois. Elle sut que le moment était propice pour se servir de ses pouvoirs druidiques. Un immense feu jetait un éclairage orangé au centre de l'oppidum unelle, les chants résonnaient, les enfants riaient, l'atmosphère était douce et chaleureuse. La jeune fille sourit, puis, se levant, elle chercha un endroit à l'écart pour tenter d'entrer en communication avec sa mère à l'abri des oreilles indiscrètes. Elle trouva un petit coin tranquille derrière une hutte de branchages d'où montaient des grognements : la porcherie. L'odeur y était piquante aux narines, et saurait assurément tenir les curieux à distance. Celtina glissa sa main dans son sac de jute et y trouva le cristal de flocon de neige. Elle y plongea le regard, vida son esprit de toute pensée, ralentit sa respiration.

À plusieurs milliers de lieues de là, au-delà des hautes montagnes blanches des Allobroges, Banshee veillait auprès de Caradoc. Le petit garçon souffrait d'une mauvaise toux, la bronchite couvait. Malgré la douceur du climat de Toscane, le brouillard hivernal et le gel avaient eu raison de plusieurs esclaves celtes cette année-là. Heureusement, bientôt le soleil réchaufferait de nouveau les coteaux.

Banshee s'affairait à faire avaler une décoction chaude de plantes à son fils, lorsqu'elle tressaillit. L'image de Celtina s'imposa à son esprit. La femme soupira de soulagement ; depuis des mois, elle était sans nouvelles de sa fille et l'anxiété n'avait cessé de l'habiter. Reposant le gobelet près de l'enfant, elle examina attentivement le couloir menant à leur chambre, dans le soubassement réservé aux esclaves de la villa de Titus Ninus Virius. Personne en vue. Alors, elle se retira profondément en elle-même pour établir le contact avec l'adolescente.

Au début, les images mentales de Celtina étaient si confuses que Banshee eut bien de la difficulté à les décrypter. La jeune fille faisait défiler à une vitesse vertigineuse le récit de ses aventures à Acmoda; Banshee eut du mal à s'adapter à la cadence accélérée du récit, mais, finalement, Celtina se calma et sa mère put suivre ses péripéties sans problème.

Banshee la rassura sur son sort et celui de Caradoc. Titus Ninus Virius n'était pas un méchant maître et il n'épuisait pas ses esclaves au travail. Depuis que Caradoc était malade, il l'avait même dispensée de travaux domestiques de manière à lui permettre de mieux soigner son enfant. Toutefois, la privation de liberté et l'éloignement de sa fille, de son époux et de son peuple étaient une torture mentale pour Banshee. Même si, pour le moment, elle était à l'abri en Toscane.

– Et Gwenfallon? s'inquiéta Celtina.

Alors qu'elle formulait la question à voix haute, elle ressentit un certain trouble dans l'esprit de sa mère. Un frisson glacé parcourut son échine.

— Je n'arrive pas à communiquer avec ton père, avoua Banshee. Ses pensées sont blanches, vides…

— Est-il mort? demanda l'adolescente, tout en redoutant la réponse.

— Je le sens vivant… et mort à la fois! murmura Banshee en jetant un œil sur Caradoc qui sommeillait.

Le petit garçon n'était pas au courant des épreuves vécues par son père telles que sa mère les avait perçues.

— Je me suis approchée du Síd… mais je n'ai pas osé demander de ses nouvelles. Les dieux sont susceptibles parfois, et j'ai eu peur! confessa Celtina.

Des larmes perlèrent à ses yeux verts comme la mer.

— Il n'est pas dans le Síd. Ne garde pas cette pensée en toi… Gwenfallon n'est pas mort! affirma Banshee d'un ton sans réplique.

Celtina rougit, puis baissa la tête, honteuse d'avoir eu des pensées morbides. Tant qu'elle ne verrait pas de ses yeux le corps sans vie de son père, elle devait garder espoir.

— Je viens vous chercher! lança-t-elle. Je te le promets, mère. Je suis en route. Même si je dois y mettre une année entière, je saurai vous libérer, toi et Caradoc, et, ensemble, nous nous lancerons à la recherche de Gwenfallon.

Banshee hocha la tête. Elle savait, elle, que le chemin de Celtina ne serait pas une parfaite et tranquille ligne droite. Mais comment dire à sa fille que les détours à faire étaient un autre aspect de sa formation de prophétesse et qu'elle ne pourrait y échapper, car tel était son destin en tant qu'Élue ? Alors, la mère de famille ne laissa rien paraître de ses doutes et écarta toutes pensées négatives de son esprit pour que Celtina ne les perçût pas. Après l'avoir réconfortée et lui avoir transmis toute sa tendresse, Banshee rompit la communication mentale avec sa fille.

Des larmes coulèrent sur ses joues, tandis qu'elle se penchait sur le front de son fils pour vérifier s'il avait encore de la fièvre. Banshee n'avait pu trouver, dans cette contrée si différente de son propre pays, les plantes médicinales dont elle avait besoin. Son maître lui en avait procuré d'autres, qu'elle ne connaissait pas, par l'intermédiaire d'un certain Thessalos, un affranchi* grec, médecin réputé dans la région.

Banshee avait constaté avec surprise que la façon de procéder de ce Grec avait fait chuter la fièvre et que son fils avançait maintenant rapidement sur la voie de la guérison. Cette constatation l'avait décidée à mettre à profit sa captivité pour étudier les méthodes de Thessalos avec soin, de façon à en faire bénéficier, un jour, son propre peuple. La réputation des médecins grecs était excellente dans l'Empire romain, même César, disait-on, faisait appel à leur science.

Tandis que Celtina et Banshee conversaient par transmission de pensées, quelque part en Armorique, pays pauvre où le vent souffle jour après jour, pays de brume sur la lande, pays des mirages qui se glissent entre les pierres dressées, Koad regagnait sa hutte lorsqu'il s'immobilisa. Le corps maculé de boue, les cheveux hirsutes, les yeux injectés de sang à cause du manque de sommeil, le mage de la forêt était à bout de forces et, pourtant, une petite voix lui soufflait que ses tourments étaient finis. Il leva les yeux au ciel, cherchant à lire dans la course des astres tout le temps passé seul, triste et abandonné dans les marécages où l'hiver s'était montré si rude. Il aperçut alors comme un long filament de brume ondulant et vaporeux qui dansait au ras du marais, près de sa hutte. L'air se rafraîchit, le cri des oiseaux nocturnes s'éteignit, même le coassement des crapauds et des grenouilles cessa. Deux chauves-souris le frôlèrent du bout des ailes et s'éloignèrent en émettant de petits bruits aigus. Koad, figé sur place, cherchait à deviner ce que cachait la forme transparente.

– Bonjour, Arzhel, lança la forme qui n'était autre que Flidais, la déesse de la Forêt et des Animaux sauvages.

– Arzhel? Il y a bien longtemps qu'on ne m'a pas nommé ainsi. Effectivement, il m'arrive parfois d'oublier que je suis aussi Arzhel, du

Clan de l'Ours, déclara-t-il, tandis qu'un large sourire faisait craquer la boue qui maculait son visage.

— Je suis heureuse de constater que la mémoire ne t'a pas abandonné, enfant de Mona.

— Au fond de moi, je serai toujours Arzhel, même si dorénavant la personnalité de Koad, le mage de la forêt, prend de plus en plus de place dans ma vie et dans mes pensées.

— Tu es sous l'emprise de Macha la noire, Arzhel. Mais, si tu le veux vraiment, tu es libre maintenant, car ton amie Celtina, grâce à sa bravoure, à sa ruse et à son intelligence, a levé le sort qui pesait sur ta tête. Tu n'es plus obligé de te plier aux caprices maléfiques de Macha.

— Celtina ? Où est-elle ?

Arzhel regarda de tous côtés. Même si les sentiments de haine et de jalousie que Macha avait si bien su insuffler en lui étaient très forts, il conservait l'espoir de voir apparaître son ancienne amie. Celle qui l'avait sauvé, au dire de la déesse. Mais tout autour, c'était la nuit noire, descendue rapidement sur le marais.

— Tu as désormais recouvré ton libre arbitre, jeune druide, insista Flidais en constatant que les traits de personnalité de Koad ne voulaient pas laisser place à ceux d'Arzhel. Tu peux choisir de continuer à vivre ici, dans la désolation, le mensonge et l'envie, ou alors reprendre ta route vers Avalon, et redevenir celui que tu étais autrefois, le meilleur élève de Maève. Le choix t'appartient.

Le jeune druide regarda encore tout autour de lui; son regard s'attarda sur sa cabane recouverte de tourbe. Il en avait plus qu'assez de cette vie de misère, à ronger des racines et à vivre parmi les animaux sauvages sans autre compagnie que celles des ragondins*, des batraciens et de quelques oiseaux. Il aspirait à retrouver son rang de fils de roi et à vivre mieux. Et, surtout, il se souvint qu'il était sûrement l'Élu, celui qui était destiné à rapporter les vers d'or à Avalon. Il devait donc retrouver Celtina pour la convaincre de lui livrer ceux qu'elle connaissait déjà.

– Où puis-je trouver Celtina? demanda-t-il à Flidais.

– Elle est au pays des Unelles, mais je doute fort qu'elle y reste. Elle descend vers le sud…

– Toujours en train d'essayer de retrouver sa famille, hein? l'interrompit Arzhel. Quelle entêtée!

– Ne veux-tu pas savoir comment elle a réussi à te sortir des griffes de Macha? s'étonna Flidais.

– Bof! elle me le racontera elle-même, répliqua le jeune homme. Macha devait avoir baissé sa garde et la petite rusée a dû user d'un subterfuge pour lever le sort. Elle n'est pas de taille à affronter de trop grands dangers. Elle a avalé sans broncher mon breuvage d'oubli, la petite idiote !

Flidais le fixa et essaya de se glisser dans ses pensées, mais Arzhel avait prévu la manœuvre et avait aussitôt dressé un barrage impénétrable dans son esprit.

Son pouvoir s'est renforcé au contact de Macha la noire, songea la déesse. Arzhel risque de se montrer dangereux pour quiconque se mettra en travers de son chemin. Heureusement, les épreuves traversées par Celtina lui ont aussi forgé le caractère, elle saura l'affronter le moment venu. Il verra que la « petite rusée » est beaucoup plus solide, futée et courageuse qu'il ne le croit.

– Je vais t'aider à sortir de ce lieu, dit Flidais. Tu n'as qu'à grimper sur le dos de mon cerf blanc et nous t'emmènerons loin de Macha la noire.

Le cerf blanc sortit de la brume et brama. Arzhel, sûr de lui, enfourcha l'animal. Puis, Flidais le précédant sous forme de filament diaphane volant au ras du sol, le cerf conduisit Arzhel hors du marais.

Chapitre 2

Le soleil se levait péniblement sur Crocia-tonum, et tout aussi difficilement s'ouvraient les yeux des Unelles en ce lendemain de fête bien arrosée. Les têtes étaient lourdes et les jambes, molles. On avait chanté, dansé, mangé, et la cervoise et l'hydromel avaient coulé à flots jusqu'aux premières lueurs de l'aube. Épuisés, les derniers fêtards venaient tout juste de s'écrouler de fatigue lorsque le cor d'un guetteur fit sursauter tout le village. L'œil hagard, la langue épaisse et les membres douloureux, Viridorix émergea de son douillet lit de paille, furieux d'être dérangé dans son sommeil.

– Satanés Romains, ils ne peuvent même pas respecter le sommeil du juste !

Et d'un pas mal assuré, le roi se traîna vers son bouclier, s'empara de son javelot et de son épée, puis s'élança tant bien que mal en dehors de sa masure.

– Aux armes, guerriers ! La cavalcade recommence !

En quelques minutes, plusieurs hommes et femmes, un peu plus reposés que les autres, sortirent eux aussi de leurs cabanes, armés jusqu'aux dents, bien décidés à en découdre de nouveau avec les légionnaires de Quintus Titurius Sabinus.

C'est alors que le sonneur de cor apparut, escortant une jeune femme en robe blanche qui semblait épuisée, mais heureuse d'être parvenue saine et sauve à destination.

Celtina s'était aussi réveillée au son du cor, mais elle était fraîche et dispose, n'ayant pas succombé durant la nuit aux appels de l'échanson Ceraint, le dieu brasseur de bière, qui l'invitait à se délecter en sa compagnie. C'est elle qui, immédiatement, sut qui était la nouvelle venue.

– Bienvenue à toi, prêtresse! dit-elle en donnant l'accolade à la jeune femme.

– Je suis Sessia, j'arrive de Tombelaine, expliqua celle-ci. Je viens chercher de l'aide, car un grand malheur frappe ma communauté.

– Les Romains ont attaqué si bas sur la côte! s'étonna Viridorix. Comment est-ce possible?

– Non, pas les Romains..., le détrompa Sessia. Ce sont les Fomoré.

– Les Fomoré? Mais... pourquoi?

Celtina n'en croyait pas ses oreilles.

– Ils ont profité de l'attaque romaine lancée contre Crociatonum et du fait que vous avez renié les dieux pour s'en prendre à nous, les prêtresses du culte aux Thuatha Dé Danann, répondit Sessia sur un ton réprobateur en fixant Viridorix droit dans les yeux.

Mais le roi des Unelles ne cilla pas.

– Si même les différentes races de dieux se comportent en traîtres, comment pourrons-nous arriver à vaincre les Romains ? soupira Celtina, vraiment dépitée par la nouvelle.

– Raconte-nous comment cela s'est passé à Tombelaine, fit Viridorix en guidant la jeune femme au centre de l'oppidum, vers le feu qu'un guerrier venait de ranimer.

– Comme l'an dernier, c'est le géant Gargan qui est apparu le premier. D'habitude, il se contente de se secouer dans la rivière pour se débarrasser des glaçons qui pendent à sa barbe, mais cette année… il était accompagné de toute une bande de géants.

– Qui est ce Gargan ? l'interrogea Celtina. Je n'ai jamais entendu parler de lui.

– Le géant Gargan vient d'au-delà des mers, d'un continent de glace. Il est blanc de peau et de poils. Il a une longue barbe où pendent des glaçons. Son corps est tout brillant de givre. Au printemps, il arrive du nord-ouest. Il s'arrête tous les ans dans la rivière, tout près de Tombelaine, et il laisse son grand corps y dériver pour se débarrasser de la glace qui le couvre. Lorsque le soleil se lève, il en sort et s'en va à grandes enjambées. Il ne nous a jamais dérangées, et nous avions même pris l'habitude de lui faire des offrandes, qu'il acceptait avec joie avant de repartir vers le sud.

— Et, cette fois, c'est différent? Pourquoi vous a-t-il attaquées? s'inquiéta Celtina.

— Ce n'est pas lui qui a commencé. Gargan était accompagné de plusieurs autres géants, dont celui qui semble être leur chef, un être visqueux et verdâtre ayant un œil unique au milieu du front. Celui-là pue la vase et le goémon*, c'est un Fomoré.

— Ta description correspond tout à fait aux Fomoré. Cet être horrible ressemble trait pour trait à Cêt, le guerrier, et à Yspaddaden le géant, confirma Celtina.

L'ancien roi d'Acmoda aurait-il échappé à la colère de Taranis et serait-il revenu pour se venger de moi? se demanda l'adolescente, sans faire part de ses craintes à Viridorix et à Sessia. J'espère que ce n'est pas le cas et que ce n'est pas par ma faute que le malheur frappe le pays des Unelles et la communauté de Tombelaine.

— Il faut nous venir en aide, implora Sessia. Nous ne sommes qu'une petite communauté d'une vingtaine de femmes et de jeunes filles qui consacrent leur vie aux Thuatha Dé Danann, nous ne sommes pas armées pour repousser les Fomoré.

Viridorix allait proposer d'envoyer quelques jeunes guerriers lorsque le cor résonna de nouveau et que les Unelles qui montaient la garde à la palissade de l'oppidum crièrent la nouvelle dans le camp gaulois: une centurie romaine en ordre de bataille se dirigeait droit vers eux, prête, semblait-il, à reprendre les hostilités.

— Nous ne pourrons pas nous battre sur deux fronts, constata Viridorix. Je dois défendre notre terre contre les Romains. Les affaires divines ne nous concernent plus. Je suis désolé, Sessia, je ne peux pas scinder mes troupes et risquer de perdre à la fois contre les barbares du sud et contre les dieux du nord.

— Mais…, protesta Celtina, tu ne peux pas abandonner les dieux de tes ancêtres!

— Cela te portera malheur, prophétisa Sessia.

— Par Hafgan, laissez-moi tranquille, se rebella le chef unelle. Réglez vos histoires de prêtresses et de druides entre vous. Je n'ai pas besoin de vos simagrées* pour savoir ce que j'ai à faire.

Viridorix leur tourna le dos et se dirigea vers ses troupes qui étaient en train de se rassembler.

— C'est là notre plus grand malheur, soupira Sessia. De plus en plus, les chefs de clans et les rois se détournent des dieux; leurs victoires dans les escarmouches contre les Romains leur montent à la tête. Comme Viridorix, beaucoup se croient invincibles et clament pouvoir se passer des conseils des druides.

— Le monde ne peut pas se passer des dieux! répliqua Celtina, offensée par cette idée saugrenue.

– Je le sais bien ! répondit Sessia. Un jour, Viridorix se rendra compte de son erreur… Mais il sera sans doute trop tard, car il aura alors rejoint le Síd… Et qui sait si les dieux l'y accueilleront avec joie !

– Je vais t'accompagner à Tombelaine, proposa Celtina. J'ai déjà eu affaire à un Fomoré et peut-être parviendrai-je à raisonner et à éloigner de ce pays ceux qui vous ont attaquées.

En s'approchant des rives de la mer où baignait le rocher de Tombelaine, les deux prêtresses comprirent qu'il s'était passé un événement grave. Les eaux étaient très hautes et menaçaient le minuscule îlot où la communauté de Sessia vénérait la Tombe de Balan, le fils de la lumière. Une inondation ravageait à la fois les rives unelles et Tombelaine. Elles aperçurent deux barques qui faisaient voile dans leur direction.

– Ce sont sûrement mes sœurs prêtresses qui fuient Tombelaine, déclara Sessia.

Effectivement, les deux bateaux s'échouèrent à leurs pieds et une vingtaine de femmes et de jeunes filles sautèrent sur le sable humide.

– Que s'est-il passé ? demanda Sessia en soutenant deux fillettes.

– Gargan est devenu complètement fou ! s'exclama Ueleta, la plus âgée des rescapées.

Celui qui est le chef des Fomoré, et qui se fait appeler Foltor, l'a forcé à obstruer notre Fontaine de Santé avec des pierres.

– Mais pourquoi? Cette eau miraculeuse est nécessaire pour soigner les blessés et les malades…, intervint Celtina.

– C'est justement le but recherché: qu'on ne puisse plus secourir personne! continua Ueleta. Les Fomoré ont décidé de faire main basse sur ce pays, puisque les Unelles et leurs alliés préfèrent s'en remettre à Viridorix plutôt que de continuer à vénérer les Thuatha Dé Danann qui doivent les conduire à la victoire. Les Tribus de Dana sont discréditées chez les Gaulois, alors les Fomoré pensent que leur tour est venu de régner sur cette partie du monde.

– Nous ne pouvons pas permettre aux Fomoré de déloger les Thuatha Dé Danann de cette terre, s'indigna Celtina. Il faut faire quelque chose, sinon nous courons à la catas-trophe!

– Tu as raison, jeune fille. Mais comment une vingtaine de prêtresses peuvent-elles tenir tête à toute une armée de géants? Moi, je renonce! soupira Ueleta. J'ai décidé d'emme-ner notre petite communauté en Armorique, à Senos. Là-bas, nous serons en sécurité auprès de nos sœurs, les Sènes. Elles n'ont pas renié les dieux de nos ancêtres et nous y trouverons refuge et réconfort.

– Et toi, Sessia, que comptes-tu faire? demanda Celtina.

– Je vais me rendre auprès des Thuatha Dé Danann pour les convaincre de défendre leur souveraineté sur cette terre et surtout de ne pas l'abandonner au froid et à la glace de Gargan ou, pire, de la laisser s'enliser sous les algues des Fomoré. Je dois traverser le Síd…

– Mais… le Síd… c'est impossible! Tu vas tomber en poussière, soutint Celtina.

Sessia éclata de rire.

– N'aie crainte, ma sœur. Je suis la déesse des Semailles et des Germinations, il ne m'arrivera rien de fâcheux. Je serai de retour dans quelques nuits, après l'Alban Eiler. Je te conseille de retourner à Crociatonum et de ne pas chercher à prendre contact avec Foltor ou Gargan.

– Mais…

– Pas de protestation. Tu ne pourras rien faire seule. Il faut attendre que notre roi suprême Nuada vienne les expulser lui-même de cette terre.

– Combien de temps seras-tu absente?

Celtina craignait de devoir passer plusieurs lunes à attendre, sans rien faire.

– Tu comprendras que je suis de retour quand les premières graines commenceront à germer sur la lande. Et surtout, pas d'imprudence! Ne va pas errer sur les chemins, tu risquerais de tomber sur des Romains et c'en serait fait de toi, de ta mission à Avalon…

vous croyez très forts parce que vous avez sur-vécu à de petits accrochages contre les Romains, mais qu'en sera-t-il lorsque vous serez confrontés aux légions entières… Vous avez besoin des dieux! Pourquoi aller au combat sans recourir aux Thuatha Dé Danann?

L'homme eut un geste de dépit en sa direction.

– Pffft! encore une de ces prêtresses don-neuses de leçons. Va te cacher à Senos, petite fille, et laisse les guerriers mener leurs affaires à leur guise!

Celtina haussa les épaules, fataliste. Puis elle s'en alla trouver une des femmes du village pour lui demander l'hospitalité pour quelques jours. Ce qu'on lui accorda sans difficulté.

CHAPITRE 3

Pendant que Celtina attendait derrière les remparts protecteurs de Crociatonum, Sessia était retournée à Tombelaine. La Tombe de Balan était en fait un passage secret permettant aux Thuatha Dé Danann de se déplacer rapidement, et à l'abri des regards, d'un point à l'autre de la Terre, mais aussi de remonter le cours du temps à leur guise.

Puisque les Gaulois avaient choisi de les ignorer, les Tribus de Dana étaient parties depuis de nombreuses lunes à la recherche de lieux qui leur seraient plus favorables. Les dieux avaient décidé de s'installer dans une île qu'ils avaient baptisée Ériu.

Malheureusement pour eux, lorsqu'ils étaient arrivés sur cette terre, elle était déjà occupée par une autre race de divinités, les Fir-Bolg. Ces Hommes-Foudre n'avaient pas l'intention de céder la place aux Thuatha Dé Danann sans livrer bataille.

Les Fir-Bolg s'étaient rassemblés dans leur oppidum de Druim Caín, car les nouvelles étaient graves. Eochaid, leur roi, avait reçu un message alarmant. Des étrangers venaient de débarquer sur leur territoire. Ils arrivaient par la terre, par la mer, par les airs. Un messager essoufflé s'était présenté à Eochaid :

– Des étrangers se sont installés à Magh Rein… mais ils demeurent invisibles.

– Comment une telle chose a-t-elle pu se produire ? s'était étonné Eochaid. Nos guerriers doivent défendre nos frontières et empêcher les étrangers de s'introduire sur l'île Verte.

– Nous n'avons rien vu venir. Un épais brouillard sombre s'est abattu sur nos côtes, nos plaines et nos collines, et quand la brume s'est dissipée, nous n'avons pu que constater l'arrivée massive de ces étrangers. Ils ont dû voyager sur les nuages, avait expliqué le messager terrifié.

En fait, Eochaid n'était pas vraiment étonné de cette nouvelle. Plusieurs nuits auparavant, il avait fait un rêve étrange qui l'avait laissé perplexe et angoissé. Le roi avait fait interpréter son rêve par son druide Cesaird.

– J'ai vu d'immenses vagues d'oiseaux noirs surgissant des profondeurs de la mer se diriger vers moi, avait raconté Eochaid. Ces oiseaux se sont posés au milieu de nos terres, mais ils apportaient l'hostilité et la confusion. L'un de nous a alors sauté sur son épée et il a tranché l'aile de l'oiseau qui semblait mener le groupe. Maintenant, druide, fais usage de ta science et dis-moi ce que ce rêve signifie.

– Sache, mon roi, que ces oiseaux sont des guerriers nobles et hardis venus d'au-delà de la mer, avait déclaré le druide. Ils sont habiles en magie et en incantation. Ils jetteront sur ton peuple des nuages druidiques qui vont vous égarer. Dans chaque combat, ils se montreront les plus forts. Eochaid, l'heure est venue de quitter cette terre pour la laisser à ces nouveaux maîtres.

– Je n'abandonnerai pas ma terre aussi facilement, sache-le, Cesaird. Nous devons d'abord prendre contact avec eux pour savoir ce qu'ils nous veulent.

Eochaid avait donc convoqué une assemblée des Fir-Bolg. Les discussions ne s'étirèrent pas longtemps, tous les membres du conseil étant unanimes sur la conduite à tenir.

– Il faut envoyer notre meilleur guerrier pour discuter avec ces étrangers, décida Cesaird qui, en tant que druide, devait prendre la parole le premier.

– Que Streng se prépare, décréta Eochaid.

Streng se leva, ramassa son bouclier rouge-brun, ses deux lances, son épée, son casque à quatre cornes et sa lourde massue de fer et, sans dire un mot, il quitta Druim Caín pour se rendre à Magh Rein.

C'était un homme puissant, de grande taille et fort imposant. Assurément, il saurait impressionner les nouveaux venus et leur faire comprendre que tous les Fir-Bolg étaient aussi bien bâtis. Peut-être cela suffirait-il à convaincre ces étrangers de repartir.

Alors que Streng s'approchait furtivement dans la plaine, une sentinelle des Thuatha Dé Danann l'aperçut et sonna l'alarme dans le camp.

– Un homme seul s'approche. C'est sûrement un messager chargé de venir voir ce que nous voulons. Il semble puissant. Nous ne savons pas de quelle race il est…

– C'est peut-être un Fomoré, s'inquiéta un guerrier.

– Eh bien, envoyons-lui Bress! décida Nuada. Il est de sang royal par sa mère Érine, mais c'est aussi un Fomoré par son père, Élatha. Il comprendra ce que veut cet envoyé.

Bress courut dans la plaine, à la rencontre de Streng. Lorsque les deux guerriers furent face à face, à distance respectable pour ne pas être blessés par un javelot, mais assez près pour se parler sans crier, ils s'arrêtèrent pour se jauger, sans animosité, plutôt avec curiosité. Chacun examinait les armes de l'autre. Les lances de Streng étaient massives, lourdes et puissantes avec un bout solide capable de percer les boucliers les plus résistants. Celles de Bress étaient élancées, délicates avec une pointe acérée.

Alors, Streng planta son bouclier dans la terre pour se protéger le corps et le visage. Bress fit de même et prit le premier la parole pour saluer son vis-à-vis. Streng lui répondit et ils comprirent qu'ils parlaient tous les deux la même langue.

Streng fut rassuré et se détendit.

– J'éprouve un grand plaisir à constater que nous parlons la même langue, déclara Bress. Nous avons probablement les mêmes ancêtres. Mais sache que nous sommes de redoutables guerriers et que nous n'avons jamais reculé devant aucun ennemi.

– Il en est de même pour nous, répliqua Streng. Lorsqu'on nous provoque, notre colère est grande contre nos ennemis.

– J'ai un message pour ton roi. Faisons alliance et amitié. Ainsi, ni ton peuple ni le mien n'auront à souffrir de la guerre. Si ton peuple accepte de nous céder la moitié de son territoire, nous serons heureux de le prendre pacifiquement. Sinon il y aura une bataille, et nous nous causerons de sérieux dommages aux uns et aux autres.

– J'irai porter ton message, Bress, mais quoi qu'il arrive, toi et moi resterons amis, car tes propos sont sages ! s'exclama Streng.

Puis les deux guerriers échangèrent leurs armes pour que chacun puisse montrer à son peuple que l'autre était bien armé. Enfin, ils se donnèrent l'accolade et se séparèrent sur des promesses d'amitié.

De retour à Druim Caín, Streng raconta ce qu'il avait vu et ce que Bress lui avait dit.

– Les Thuatha Dé Danann sont de grands guerriers. Ils sont forts et adroits. Leurs héros sont cruels et rompus au combat. Ils ont des boucliers larges et solides, des lances aux pointes acérées et des lames d'épées flamboyantes. Je crois qu'il vaut mieux conclure la paix avec eux.

Ne voulant pas se laisser influencer par un seul guerrier, Eochaid décida de convoquer son conseil.

– Jamais je ne donnerai la moitié de l'île Verte à ces étrangers, clama finalement le roi après plusieurs heures de délibération, car bientôt la moitié ne leur suffira plus et ils voudront l'île tout entière, et ils nous réduiront en esclavage, nous, nos enfants et tous nos descendants.

Pour sa part, Bress était aussi revenu au sein de son clan pour l'informer des demandes des Fir-Bolg.

– Les Fir-Bolg exigent notre départ de leur île. Streng, leur messager, est un homme grand et valeureux, et il a les armes les plus redoutables que j'aie jamais vues. Il n'éprouve aucune frayeur devant qui que ce soit. En conséquence, je doute fort que son peuple nous donne la moitié d'Ériu. Nous devons donc nous préparer à une bataille qui sera terrible et mortelle.

– Puisque c'est ainsi, fabriquons des armes et construisons une forteresse pour nous protéger, répondit Nuada.

Dans la Plaine de Lia, au pied d'une solide montagne qui leur servirait de rempart naturel, le roi des Thuatha Dé Danann fit installer son camp.

– Que Banba, Morrigane et Nemain se rendent à Druim Caín et que, par le pouvoir de leurs enchantements, elles ralentissent les préparatifs de guerre des Fir-Bolg.

Les trois magiciennes parvinrent sans se faire voir au mont des Otages et, pendant trois jours et trois nuits, déversèrent de violentes averses de feu et de sang sur les troupes fir-bolg, troublant leur tranquillité et semant l'angoisse dans leur cœur.

– Ta magie est mauvaise, bougonna Eochaid en s'adressant à Cesaird. Tu es incapable de nous protéger des sortilèges des Thuatha Dé Danann.

Cesaird n'accepta pas ces remontrances et, bien qu'il fût contre la guerre, il décida d'utiliser ses pouvoirs druidiques.

– Je t'ai dit d'abandonner cette terre, Eochaid, mais puisque tu t'entêtes, alors je vais protéger notre peuple.

Le druide des Fir-Bolg prononça des incantations en faisant le tour de la colline où trônait Druim Caín, et les enchantements des magiciennes cessèrent. Puis les Fir-Bolg placèrent leurs troupes dans la Plaine de Lia, sous les ordres des trois druides Cesaird, Fatach et Ingnathach.

Voyant ces redoutables armées rassemblées, Nuada décida de faire une ultime tentative pour éviter le combat entre les deux races de dieux. Il envoya trois druides vers les Hommes-Foudre pour leur proposer la paix et le partage d'Ériu. Mais, bien entendu, les Fir-Bolg restèrent campés sur leurs positions, c'est-à-dire dans la Plaine de Lia, prêts à défendre chèrement leur île Verte.

– Sachez, Hommes-Foudre, que votre intransigeance vous vaudra la mort, prophétisa Carthba, un druide des Tribus de Dana.

– Alors, nous livrerons bataille aux premières lueurs de l'Alban Eiler, répliqua Ingnathach, druide des Fir-Bolg.

Aux premiers rayons du soleil, les troupes s'ébranlèrent, d'un côté comme de l'autre. Leurs boucliers fraîchement décorés, leurs lances affilées, leurs javelots de combat et leurs flèches bien équilibrés, les deux camps se firent face. Fatach, le druide-poète des Fir-Bolg, prit la tête des siens en chantant la colère de son clan et la gloire de ses ancêtres. Puis, au milieu de la plaine, il fit dresser un pilier auquel il s'adossa.

Chez les Thuatha Dé Danann, ce fut Coirpré qui lança ses propres satires* pour effrayer les adversaires. Il dressa lui aussi un pilier de pierre dans la plaine et s'y adossa pour chanter le courage de ses propres guerriers. Depuis ce temps, la Plaine de Lia porte le nom de Plaine des Piliers.

Puis les deux armées se jetèrent l'une contre l'autre, et les combats furent sanglants. Les boucliers éclatèrent en morceaux, les lances se rompirent, les épées se brisèrent, et la clameur se fit effroyable, tellement que même les oiseaux fuirent devant le tumulte.

À la fin de la journée, chaque camp avait laissé bon nombre de valeureux guerriers sur le champ de bataille. Les Thuatha Dé Danann s'étant repliés les premiers, les Fir-Bolg célébrèrent la victoire en retournant à Druim Caín, convaincus que leurs ennemis, en déroute, ne se représenteraient pas de sitôt. Les médecins fir-bolg apportèrent des herbes de guérison, les écrasèrent dans l'eau d'une fontaine qui en devint toute verte. Cette fontaine acquit instantanément des pouvoirs magiques. Tout blessé qui y était plongé guérissait sur-le-champ et était fin prêt à reprendre le combat.

Le lendemain, persuadé d'avoir vaincu les étrangers qui revendiquaient sa terre, le roi Eochaid décida d'aller se baigner dans la fontaine miraculeuse pour y refaire ses forces. Mais il n'avait pas pris la précaution de se faire escorter, si bien qu'il fut surpris par trois jeunes ennemis qui le défièrent.

– Laissez-moi au moins remettre mes vêtements et me saisir de mon épée, protesta Eochaid, car il est lâche de combattre un homme seul et désarmé.

Mais les trois jeunes gens refusèrent et se jetèrent sur lui. Ils se disaient que s'ils parvenaient à s'emparer de la tête du roi des Fir-Bolg, ils donneraient à coup sûr la victoire aux Thuatha Dé Danann et que les bardes* célébreraient leurs noms et leur valeur pour l'éternité.

Alors qu'Eochaid succombait sous le nombre de ses assaillants, Streng bondit au milieu des combattants et abattit son épée sur le crâne des trois jeunes hommes. Tous trois furent rapidement défaits. Grâce au courage de son valeureux guerrier, Eochaid put se rhabiller, ramasser son épée et reprendre la tête de ses troupes.

Le combat recommença comme la veille. Les Thuatha Dé Danann, rendus furieux par la mort de trois des leurs, se lancèrent les premiers contre les Fir-Bolg. Les druides, les bardes et les sages, adossés à des piliers, firent pleuvoir sur les ennemis des charmes et des sortilèges. Alors, des monstres, des furies*, des harpies*, des horreurs sans nom mêlèrent leurs cris à ceux des guerriers. Leurs imprécations* retentirent parmi les rochers, se glissant dans les cascades et les cours d'eau, ébranlant les cavernes les plus profondes. La terre trembla sous les hurlements de rage et de haine poussés ce jour-là dans la Plaine des Piliers.

Eochaid, le roi des Fir-Bolg, et Nuada, celui des Thuatha Dé Danann, étaient au cœur de la mêlée. Banba, Nemain et Morrigane soutenaient leur camp par des malédictions pour affaiblir les ennemis et des incantations pour stimuler le courage de leurs troupes. Elles firent apparaître des nuées d'oiseaux noirs, aux becs acérés et aux griffes pointues, qui fondaient sur les guerriers fir-bolg.

De son côté, Bress infligea de lourdes pertes aux Fir-Bolg, et Streng fit de même aux Thuatha Dé Danann, mais, lorsque les deux champions se retrouvèrent face à face, chacun baissa son épée, pas un ne projeta son javelot vers l'autre. Malgré la fureur des combats, ils n'avaient pas oublié leur promesse d'amitié. Alors, Streng chercha des yeux un autre adversaire et avisa le roi Nuada qui se démenait au milieu des héros. Il fonça vers lui. Nuada et Streng échangèrent moult coups de massue. Ils se firent de nombreuses blessures. Puis Streng leva très haut son épée et l'abattit violemment sur le bouclier de Nuada, le tranchant en deux. La lame aiguisée coupa net la main droite du roi des Thuatha Dé Danann. Ce dernier lança un appel de détresse, auquel répondit aussitôt Dagda. Le Dieu Bon protégea Nuada de ses ennemis, puis convoqua cinquante solides guerriers pour le garder, dont le dieu-médecin Diancecht. Le roi fut rapidement évacué du champ de bataille. Quelqu'un ramassa la main de Nuada et la plaça dans un cercle de pierres pour la préserver.

Voulant venger son roi, Bress se précipita vers Eochaid et l'attaqua furieusement. Les coups pleuvaient. Dagda, Ogme, Luchta le dieu-charpentier, Goibniu le dieu-forgeron et d'autres divinités vinrent à la rescousse de Bress, et les Fir-Bolg cédèrent du terrain.

Puis, soudain, le roi Eochaid fut pris d'une faiblesse et dut appeler Streng près de lui :

– Poursuis le combat et veille à ce que nos guerriers se comportent en hommes valeureux jusqu'à mon retour parmi vous. Je meurs de soif, je dois absolument boire et m'asperger le visage…

En fait, Eochaid était victime d'un mauvais sort lancé par Banba : la sécheresse lui oppressait la gorge jusqu'à l'étouffer, le rendant inapte au combat.

– Nous sommes peu nombreux, fit remarquer Streng, mais, quoi qu'il arrive, je te promets de ne pas abandonner.

Streng rassembla une centaine de guerriers autour de lui et se jeta dans la mêlée. Eochaid s'éloigna, tentant de trouver une source pour s'y désaltérer, mais les druides et les magiciennes des Thuatha Dé Danann faisaient disparaître tous les points d'eau devant lui, ce qui lui causait des souffrances intolérables.

Il parcourut ainsi tout le pays à la recherche d'un quelconque ruisseau, en vain. Finalement, il arriva sur une grève, au bord de la mer. Alors qu'il se précipitait dans l'eau pour y trouver du réconfort, il fut intercepté par trois guerriers qui le pourchassaient. Eochaid se défendit vaillamment, mais, épuisé et affaibli par sa terrible soif, il succomba à ses nombreuses blessures.

Le soir même, les Hommes-Foudre, démoralisés par la mort de leur roi et s'accusant les uns les autres de n'avoir pas fait preuve d'assez de vaillance, se réunirent pour décider de la suite des événements.

– Nous sommes placés devant un cruel dilemme*, déclara Streng. Nous pouvons combattre jusqu'au dernier de nos guerriers, mais, sachez-le, nous ne sommes plus assez nombreux pour prétendre à la victoire. Nous pouvons aussi décider de laisser notre île aux Thuatha Dé Danann et fuir, ou accepter de leur en céder la moitié, comme ils l'exigent.

Les Fir-Bolg délibérèrent longtemps, mais, finalement, à l'unanimité, ils décidèrent de se battre jusqu'au dernier. Le lendemain, quelques centaines de guerriers retournèrent dans la Plaine des Piliers, prêts à y faire le sacrifice de leur vie.

– Nuada, chef suprême des Thuatha Dé Danann, cria Streng, je te demande réparation pour la mort de mon roi Eochaid.

– Je suis là, Streng, répliqua Nuada en brandissant ses armes de sa main gauche. Mais si tu souhaites un combat équitable, alors attache ton bras droit dans ton dos, car je ne peux plus utiliser le mien.

– Rien ne m'y oblige. Nous étions à égalité dans le premier combat et celui-ci n'en est que la suite. Je t'ai coupé une main, mais toi et les tiens avez tué beaucoup de Fir-Bolg et surtout mon roi.

C'est alors que Bress intervint :

– Nous nous sommes fait une promesse de paix et d'amitié, Streng, mais comme je suis aussi de sang royal, c'est à moi de combattre à la place de mon roi, puisqu'il n'en est plus capable. Toutefois, ce serment nous lie et je ne peux lever l'épée contre toi. Réglons cette affaire sans verser plus de sang…

– Tu dis vrai, Bress. À cause de notre promesse, je ne peux combattre contre toi. Que proposes-tu ?

– Nous vous avions demandé de nous céder la moitié de cette île, mais votre intransigeance* nous a tous fait sombrer dans la violence. Maintenant, il faut que la raison guide nos actes. Vous êtes peu nombreux désormais, et ce serait lâche de vous tuer jusqu'au dernier, alors nous vous proposons de choisir un cinquième de cette île pour y vivre en paix. En tant que vainqueurs, les Thuatha Dé Danann occuperont les quatre cinquièmes restants.

Streng et les Fir-Bolg tinrent un long conciliabule* et décidèrent d'accepter la proposition de Bress. Les deux camps se jurèrent alors paix et amitié pour eux et leurs descendants. Puis les Fir-Bolg s'éloignèrent vers les rudes montagnes du nord de l'île, laissant les vallées, les côtes et les plaines fertiles à leurs vainqueurs.

Ce fut pendant que les Thuatha Dé Danann célébraient leur victoire et la possession d'Ériu que Sessia se glissa parmi eux pour quérir leur aide.

Chapitre 4

Après la victoire, les Thuatha Dé Danann s'étaient emparés de Druim Caín, la ville des Fir-Bolg, et en avaient changé le nom pour Tara, la choisissant pour capitale d'Ériu, leur nouvelle possession.

Ce fut au cours d'une réunion du Grand Conseil, à l'ombre d'un cercle de pierres monumentales, que les Fir-Bolg avaient appelé le Míodhchuarta (salle des banquets), que les hommes et les femmes des Tribus de Dana écoutèrent enfin les plaintes formulées par Sessia. La jeune déesse expliqua les menaces qui pesaient sur la communauté de Tombelaine et sur les Celtes de Gaule, mais aussi des autres contrées.

– Les hommes de Celtie nous oublient, Sessia, répondit le druide Carthba. Je te conseille de rester avec nous, ici, à Ériu. En tant que déesse, tu y as ta place.

– Je ne peux pas abandonner mes sœurs de Tombelaine, pas plus que Celtina du Clan du Héron…

– Celtina du Clan du Héron, dis-tu ? s'étonna Dagda. Je ne pensais pas qu'elle serait de retour si rapidement dans sa patrie. Comme tu le sais, j'ai été assez occupé ces derniers jours, je n'ai pas eu le temps de garder un œil sur elle.

– Elle est au pays des Unelles depuis quelques nuits ; elle sera en grand danger si nous n'intervenons pas, et les vers d'or risquent de tomber entre les mains des Romains qui menacent la Gaule.

– Comme tu le vois, je suis gravement blessé, intervint Nuada, et, parce que j'ai perdu un membre, je ne peux plus exercer mon pouvoir de décision. Tu sais que le roi suprême des Thuatha Dé Danann ne doit jamais être diminué physiquement…

Sessia baissa le regard. Elle savait qu'un roi n'était capable de gouverner que s'il gardait intacte la puissance du don, c'est-à-dire s'il avait encore le pouvoir de distribuer les richesses à chacun, selon ses mérites, en d'autres mots s'il pouvait encore utiliser ses deux mains.

– Je peux te rétablir partiellement dans tes pouvoirs, affirma Diancecht, le dieu-médecin. Je vais te confectionner une prothèse d'argent qui s'adaptera parfaitement à ta main. Je te garantis que tu retrouveras la mobilité de tes doigts et de toutes tes articulations. Credné, notre habile artisan, m'aidera à te confectionner cette nouvelle main d'argent.

Aussitôt, les deux dieux se mirent au travail et la prothèse fut rapidement fixée à la main de

Nuada qui, désormais, porterait le nom de Nuada à la Main d'argent.

– Cela suffit pour que je décide de venir en aide à Celtina et aux prêtresses de Tombelaine, mais les Thuatha Dé Danann ne m'obéiront plus malgré cette prothèse, soupira Nuada, car comment pourrais-je encore les mener au combat et manier Caladbolg, mon épée de Lumière, celle qui rend invincible?

– Que tous les Thuatha Dé Danann reviennent vite avec moi, insista Sessia, le temps presse.

– Tu as raison, on désignera plus tard le successeur de Nuada, déclara Dagda.

– Les géants ont profité de votre absence pour tenter de s'emparer de Tombelaine et des terres aux alentours, précisa encore Sessia, sans mentionner que les Fomoré étaient aussi impliqués dans l'aventure.

– Que ne le disais-tu plus tôt? s'exclama Nuada à la Main d'argent. Nous ne pouvons pas laisser les géants prendre possession de nos terres.

Nuada consulta Carthba du regard. Le druide hocha imperceptiblement la tête; il donnait son accord au retour des Tribus de Dana en Gaule.

Pendant ce temps, de l'autre côté de la mer, les géants, menés par Foltor, le chef des Fomoré, continuaient de dévaster les terres des Unelles et de leurs voisins abrincates. Impuissante, mais à l'abri dans Crociatonum, Celtina assistait, le cœur lourd, aux inondations qui ravageaient les bocages* et les marais, les plaines et les côtes du pays de son enfance, noyant les bêtes et les hommes, et emportant les graines qui auraient dû assurer leur subsistance pour l'année à venir. Le désastre était total.

– Druide, pourquoi les géants et les Fomoré s'en prennent-ils ainsi à nous? demanda-t-elle à Cridiantos, l'homme sage des Unelles que plus personne n'écoutait depuis des lunes.

– Le roi Viridorix s'est détourné de la religion des ancêtres, et les Thuatha Dé Danann sont partis loin d'ici depuis trop longtemps. C'est une partie de l'explication, mais cette nuit, en songe, j'ai vu aussi que le roi Nuada a perdu son pouvoir de régner. Il a été gravement blessé et le pouvoir lui a échappé. Il ne peut plus nous protéger.

Celtina retint son souffle. Elle espérait que le druide lui en apprendrait plus sur le sort des dieux. Le vieux sage garda le silence quelques secondes; il avait l'air absent, comme si son esprit était parti ailleurs, dans des contrées inconnues.

– Mais le plus grand malheur, reprit-il enfin, c'est que le grenat rouge sang qui ornait la poignée de Caladbolg, l'épée magique, est tombé pendant le combat contre les Fir-Bolg…

– L'épée de Nuada est donc devenue inoffensive! s'exclama Celtina. Nuada le sait-il? Il risque de perdre la vie s'il utilise son arme dépourvue de puissance magique.

Les yeux bleu pâle de Cridiantos fixèrent encore une fois le vide; le vieux druide se projetait dans l'espace et dans le temps, cherchant à percer le mystère de l'épée de Nuada.

– Non, Nuada ne sait rien, dit-il faiblement. La longue lame d'argent, dont la garde est d'or, sertie d'émeraudes en cabochon*, l'épée de Lumière, qui vient de la ville sans nuages des Îles du Nord du Monde, n'est plus qu'un vulgaire glaive sans son grenat mythique.

– Les Thuatha Dé Danann peuvent-ils vaincre les géants si Nuada ne peut se battre avec son épée magique? s'inquiéta Celtina.

– Nuada ne mènera pas de combat contre quiconque, continua Cridiantos. Il ne peut plus défendre son royaume, que ce soit sur terre ou sous terre. Il va devoir remettre la royauté entre les mains d'un autre dieu…

– Qui pourra mener le combat, alors? demanda encore la jeune prêtresse. Ogme, Morrigane, Dagda lui-même?

Le vieil homme hocha la tête, il semblait hésitant.

– Nous le saurons lorsque les Thuatha Dé Danann l'auront eux-mêmes décidé, jeune fille. Mes pouvoirs de druide ne sont pas assez puissants pour percer tous les secrets des dieux…

Celtina soupira de dépit. Il fallait que les Thuatha Dé Danann chassent les géants et les Fomoré, mais comment leur faire comprendre l'urgence de la situation? Elle espérait que Sessia saurait se montrer convaincante.

Son regard s'attarda sur la clairière où elle avait trouvé refuge pour discuter avec le druide. Elle aperçut alors de toutes jeunes pousses vertes qui, timidement, perçaient le sol… Le printemps était de retour! Sessia avait promis de revenir lorsque les graines germeraient. Le cœur de la jeune prêtresse s'emballa et elle battit des mains pour manifester sa joie.

– Cridiantos, le printemps est de retour…

– Oui, ce soir nous célébrerons l'Alban Eiler, lui confirma-t-il. Pourquoi es-tu si surexcitée? Ce n'est pas l'une de nos plus importantes fêtes. Il faut attendre Beltaine pour vraiment accueillir avec faste le retour des beaux jours.

– Tu ne comprends pas, druide. Sessia a promis de revenir pour l'Alban Eiler. Elle sera là dans quelques heures et je ne doute pas qu'elle revienne avec tous les Thuatha Dé Danann.

– Ne t'emballe pas, Celtina. Même si les dieux des Tribus de Dana reviennent parmi nous, que pourront-ils faire contre les géants et les Fomoré avec un roi diminué? Non, je crois que notre destin n'est plus entre les mains des dieux. Viridorix a raison, il faut maintenant ne compter que sur les hommes pour vaincre nos ennemis.

– N'y a-t-il pas un moyen de rendre toute sa force et son invincibilité à l'épée de Nuada? demanda encore l'adolescente. Je suis sûre qu'on peut faire quelque chose pour que Caladbolg redevienne l'épée de Lumière.

– Seul celui qui pourra retrouver l'escarboucle* pour la remettre à sa place sur l'épée lui redonnera sa force, expliqua le druide. Mais, même en songe, je n'ai pu voir où le grenat était tombé.

Celtina grimaça. Comment retrouver un objet que personne ne savait perdu, surtout si l'on n'avait aucun indice de l'endroit où il avait disparu?

Ce fut par la Tombe de Balan que les Thuatha Dé Danann revinrent au pays des Unelles. L'îlot, maintenant déserté par la communauté de Sessia, allait constituer leur base pour se lancer à la reconquête des terres que les géants contrôlaient déjà.

– Même si Nuada se présente avec une nouvelle main, tout le monde sait maintenant qu'il s'agit d'un membre artificiel, déclara Carthba. Si un roi perd son intégrité physique, il devient incapable de nous diriger. Il faut donc que nous élisions un nouveau roi.

– Il faut choisir le plus digne parmi nous, intervint Diancecht. Car malgré tous tes mérites, Nuada à la Main d'argent, tu ne peux plus prendre la tête de nos combattants.

– Vous avez raison, admit le roi déchu. Choisissez parmi vous celui qui vous semblera digne de me succéder.

– Tenons conseil, proposa Flidais.

Le Grand Conseil des Thuatha Dé Danann se tint près du tertre de la Tombe de Balan. Tous y furent conviés. Dieux, déesses, champions et héros devaient élire à l'unanimité le successeur de Nuada. Ce qui n'allait pas se révéler une tâche facile, car plusieurs candidatures furent présentées. Les dieux laissèrent donc aux déesses le soin de nommer leur préféré.

– Plusieurs d'entre nous sont valeureux, déclara Nemain la magicienne, qui était aussi l'épouse de Nuada, le choix ne sera pas aisé.

– À mon avis, dit Épona, déesse des Cavaliers et des Chevaux, il faut élire un guerrier qui a fait ses preuves et qui soit capable de se déplacer autant à pied qu'à cheval.

– Je crois que notre futur souverain doit avoir de l'allure, de la prestance, suggéra Aine, déesse de l'Amour et de la Fertilité, mais aussi de la Folie.

– Tu veux dire un beau garçon! railla Andrasta, déesse de la Révolte.

Aine haussa les épaules en faisant la moue. Allait-on encore l'accuser de courtiser les plus valeureux guerriers de leur clan?

– Trêve de discussion, trancha Agrona, dont la responsabilité, en tant que déesse, était de régler les différends qui opposaient les dieux. Je vote pour Bress.

– Bress? s'étonna Boann, l'épouse de Dagda.

– Le choix m'apparaît logique, déclara Carthba. Bress est doublement de sang royal; il est le fils d'Érine des Thuatha Dé Danann et d'Élatha, prince des Fomoré. Il est donc à la fois un enfant de la terre et un enfant de la mer. De plus, c'est un valeureux guerrier, comme nous avons pu le constater dans la bataille contre les Fir-Bolg.

– Sans oublier que nous renforcerons notre alliance avec les Fomoré lorsque nous aurons conclu un accord de non-agression avec eux. Ainsi, jamais nous n'aurons à craindre le retour des Fir-Bolg, renchérit Banba.

– Il est vrai que Cian, le premier fils de Diancecht, a épousé une Fomoré, Ethné, la propre fille de Balor à l'Œil mauvais, réfléchit à haute voix Boann.

– En effet, nos deux races de dieux sont déjà liées par des liens familiaux, confirma

Diancecht. En concluant un accord de paix avec les Fomoré, nous pourrons sans doute forcer les géants à regagner leur continent de glace. Nous les obligerons à laisser les Celtes tranquilles.

Lorsque tous les doutes furent dissipés et que l'élection de Bress fut approuvée à l'unanimité, le front de Dagda se barra d'un pli soucieux. En tant que roi suprême et spirituel des Thuatha Dé Danann, le Dieu Bon pouvait parfois deviner ce qui allait se dérouler au sein des Tribus de Dana. Ainsi, lui seul savait que Sessia ne leur avait pas tout dit et que les Fomoré se servaient des géants pour opprimer les Celtes. Il savait aussi que le choix de Bress n'était pas le meilleur, mais il décida de laisser le destin faire son œuvre, sans s'opposer à la décision du Grand Conseil.

La nouvelle de l'élection de Bress ne tarda pas à se propager parmi les hommes et les dieux. En apprenant que le fils d'Élatha avait accédé à la fonction suprême de la classe guerrière des Thuatha Dé Danann, les Fomoré se réjouirent grandement. Ils voyaient en lui le moyen d'imposer leur mode de vie aux Thuatha Dé Danann, et peut-être même de s'installer bientôt en maîtres à Ériu et partout sur les terres celtiques.

Ils ne tardèrent pas à envoyer un messager à Bress pour lui rappeler que si sa mère était une Thuatha Dé Danann, son père, lui, était le prince des Fomoré et vivait toujours dans son île natale, au milieu du brouillard.

Enhardis par la nouvelle, les Fomoré s'imposèrent de plus en plus sur les terres celtes où ils avaient déjà pris pied, puisqu'il n'y avait aucun risque que Bress vînt leur contester le pouvoir par les armes.

Le blé avait à peine commencé à sortir de terre au pays des Unelles et des Abrincates que Balor à l'Œil mauvais décréta que les Celtes devraient verser la moitié de leurs récoltes aux dieux fomoré. Il leur imposa aussi une taxe semblable sur le lait et sur le beurre. Pour chaque pierre qui devait servir à bâtir une maison, les Celtes devraient également payer une redevance exorbitante. Et pour chaque homme, chaque femme, chaque enfant, le poids d'un bosta* d'or devrait être versé à Samhain, sous peine d'avoir le nez coupé. Samhain, le début de l'hiver et de la nouvelle année, était le symbole de la destruction pour les Fomoré, dieux de la Mort et du Mal.

En peu de temps, Bress comprit tous les avantages qu'il pouvait tirer de sa position de roi. Il décida, à son tour, d'imposer un impôt exorbitant, mais aux Tribus de Dana cette fois. Il se fit donner Tombelaine en guise de domaine et obligea les dieux les plus nobles à travailler pour lui, comme des esclaves.

– Dagda, c'est toi qui construiras ma maison et ma forteresse, et toi, Ogme, chaque jour, tu m'apporteras un fagot de bois de chauffage pour ma maison, décréta Bress.

Pendant ce temps, Celtina, qui avait entendu parler de la façon dont les Fomoré se comportaient, jugea qu'elle devait agir. Il fallait qu'elle retrouve l'escarboucle de Caladbolg. Avec l'épée de Lumière, elle ne doutait pas de pouvoir chasser les géants et les Fomoré, et de rétablir le pouvoir des Thuatha Dé Danann sur la terre et sous la terre.

Chapitre 5

Maponos arriva, à la nuit tombée, près de l'enceinte sacrée des Carnutes. Avertis par quelques mystérieux signes qu'ils étaient les seuls à pouvoir décrypter, des guides gaulois l'attendaient. Ils le conduisirent jusqu'à une vaste clairière, au cœur de l'épaisse forêt où pas un Romain n'aurait osé s'aventurer de peur de déclencher la fureur des Celtes ou, pire, celle des dieux. Des chênes immenses et vénérables dressaient un mur de protection autour du nemeton*. La lune parvenait difficilement à illuminer l'assemblée, et les druides avaient dû se résoudre à faire des feux pour éclairer et réchauffer les participants, au risque d'attirer les curieux.

Au centre de la clairière, Maponos distingua un cercle de pierres levées et un autel de pierres brutes. Aux alentours, il vit certains druides qu'il connaissait, parmi les plus âgés, mais aussi beaucoup de jeunes prêtres qui avaient été formés pendant sa captivité. Il trouva rassurant de penser que le culte aux Thuatha Dé Danann s'était aussi bien poursuivi malgré son absence. Des bardes et des poètes égayaient la réunion en chantant les louanges et les exploits des ancêtres. Finalement, l'archidruide aperçut ce qu'il s'attendait à trouver en ce lieu, un gros taureau blanc, mugissant, aux pattes liées, prêt pour le sacrifice que le Sanglier royal allait bientôt présider.

Il remarqua alors la présence, assez inhabituelle dans ce genre de réunion, de nombreux guerriers, de chefs de clans, mais aussi de rois venus des quatre coins de la Celtie, avec leurs cornes, leurs plumes d'oiseaux et les autres ornements de leurs casques bien en évidence. Maponos en fut très satisfait, cela prouvait que les mentalités évoluaient chez les Gaulois. Étaient-ils enfin prêts à s'unir ? Il n'osait y croire.

Tous avaient revêtu leurs plus belles tenues. Le fer des boucliers, des glaives, des lances et des flèches brillait d'un éclat menaçant. Des sentiers menant à la clairière, de nombreux autres druides et nobles ne cessaient d'arriver. Assurément, le retour du Sanglier royal était fort attendu et avait été largement annoncé dans les tribus celtes. La musique, accentuée par le murmure des voix, continuait à laisser planer sur le nemeton une étrange ambiance. Puis, lorsque tous se furent assis, qui sur une souche d'arbre, qui sur une pierre, qui sur un nid de mousse, une voix grave et ferme retentit.

– C'est Camulogenos, le Parisii, murmura le voisin de droite de l'archidruide.

– Peuples de Gaule, nous voici réunis pour célébrer le retour de notre ami bien-aimé, l'archidruide Maponos.

Les guerriers tapèrent en cadence sur leurs boucliers pour marquer leur satisfaction, tandis que les bardes accompagnaient cette manifestation bruyante de quelques notes de harpe.

– Si nous sommes réunis aujourd'hui, c'est que l'heure est grave ! continua Camulogenos.

– Ça, tu peux le dire ! lança en s'esclaffant Acco, roi des Sénons.

– Laisse-le parler, le réprimanda Cavarillos, le chef des fantassins* éduens.

– Et pourquoi serait-il le seul à pouvoir s'exprimer ? enchaîna Litaviccos, roi des Éduens. Moi aussi, j'ai des choses à dire sur les Romains.

– Pourquoi un Parisii doit-il parler le premier ? fulmina Cotuatos des Carnutes. Nous sommes sur mes terres…

– Un instant ! Ce sont aussi mes terres, l'interrompit son frère Conconnetodumnos.

L'archidruide soupira. Il sentait le désespoir l'envahir. Il avait été prisonnier pendant de nombreuses lunes, la plupart des rois présents dans cette clairière n'étaient même pas nés lorsqu'il avait été capturé par Yspaddaden le géant, et pourtant rien n'avait changé chez les peuples de Celtie durant sa longue absence. Ils étaient toujours prompts à se disputer, à parler plus fort les uns que les autres, à refuser de s'écouter et surtout à oublier qu'ils avaient tout intérêt à s'allier contre leur ennemi commun. D'un instant à l'autre, Maponos s'attendait à les voir sauter les uns sur les autres pour s'entretuer.

Il faut dire que, parmi les rois rassemblés ici, plusieurs avaient assurément la stature et les forces nécessaires pour devenir le Roi des rois, le Chef suprême. Son voisin lui nomma les plus virulents, ceux qui ne se laisseraient mener par le bout du nez ni par les autres rois ni par les Romains. Parmi eux: Catuvolcos des Éburons; Indutionmare des Trévires; Commios des Atrébates; Convictolitavis et Époredorix des Éduens; Correos des Bellovaques; Dumnacos des Andes; Boduognat, roi des Belges nerviens; Drappes des Sénons; Litaviccos des Éduens; Lucterios des Cadurques; et finalement Vercingétorix, des Avernes, dont le père Cetillos venait d'être mis à mort par son propre peuple parce qu'il envisageait de devenir roi suprême. Comme beaucoup d'autres jeunes hommes, le guerrier averne avait déjà combattu dans la cavalerie gauloise de César au début de la guerre, mais, maintenant, il avait décidé de se joindre aux rebelles.

Maponos laissa son regard planer sur les cimiers des casques en bronze doré qui représentaient des aigles, des hérons, des alouettes, des coqs, des loups, des castors, des taureaux, des sangliers, des ours, des chevaux, des renards, et des dauphins pour les peuples marins. À leurs tenues de combat, l'archi-druide reconnut des Belges : les Ambiens, les Bellovaques, les Suessions, les Rèmes, les Morins, les Atrébates, les Viromanduens, les Nerviens, les Ménapes, mais aussi des Bituriges, des Lingons, des Vénètes, des Nam-nètes, des Osismes, des Santons, des Pictons, des Lémovices, et tant d'autres. Parmi toutes ces nations, beaucoup avaient déjà souffert de l'occupation de leur sol par les Romains ; d'autres s'étaient ralliées à César, puis lui avaient tourné le dos ; d'autres encore se rendraient sûrement sans combattre lorsque les légions exigeraient leur reddition. Mais que lui importait pour le moment, puisqu'ils étaient presque tous venus pour entendre ses encouragements et ses conseils.

Maponos jugea qu'il était donc temps pour lui d'intervenir. Il se leva et, d'une voix claire, assurée, réclama d'abord le silence avant de déclarer :

– Chers amis, je vous rappelle que les popu-lations gauloises déjà vaincues ou réduites en esclavage attestent de la folie guerrière et des ambitions romaines. Nos amis carnutes nous demandent de nous entendre pour former une seule et même grande armée, sous l'autorité d'un seul chef. Saurons-nous répondre à leurs vœux ? Prêterons-nous serment pour les aider à résister à l'ennemi qui menace notre enceinte sacrée ?

Il fit une pause pour laisser ses propos pénétrer les esprits et les cœurs. Après quelques secondes, le silence de la forêt se remplit du fracas des épées sur les boucliers, mais aussi des cris d'enthousiasme.

Maponos s'approcha de l'autel où le gros taureau blanc, effrayé par le vacarme, meuglait à en perdre haleine. L'archidruide sortit son poignard, et un long jet de sang macula les robes blanches des druides qui officiaient à la cérémonie du sacrifice. Puis il fit approcher l'un après l'autre les rois gaulois et leur ordonna de tremper la pointe de leur épée dans le sang et de nommer le nom du guerrier qu'ils jugeaient le plus apte à prendre la tête de la coalition.

Quelques noms se détachèrent du lot, dont Viridorix, roi des Unelles absent à la cérémonie, Camulogenos, roi des Parisii, et, étrangement, Vercingétorix, chef des Avernes, qui était pourtant à peu près inconnu de tous ces vaillants guerriers.

Les discussions recommencèrent, animées, et même parfois violentes, si bien que certains rois en vinrent aux coups. Maponos dut imposer sa présence et sa sagesse plus d'une fois pour ramener le calme dans la clairière. Les prétendants furent appelés à vanter leurs mérites afin que chacun puisse juger de leur valeur et de leurs qualités de rassembleur. Un représentant des Unelles parla au nom de Viridorix.

Finalement, ce ne fut que lorsque le jour se leva sur le nemeton, après que plusieurs chefs furent tombés de sommeil et que l'alcool et la bonne chère furent venus à bout des plus réticents, que le nom du Roi des rois fut enfin proclamé par Maponos.

— En ce jour d'Alban Eiler, à la face de Grannus et de Sirona, pour le salut de nos peuples, pour nous défendre et nous libérer de l'oppression, les peuples de Gaule enfin unis ont choisi de suivre…

Maponos inspira très fort avant de laisser tomber le nom béni des dieux :

— Vercingétorix, des Avernes !

Plusieurs cris de joie retentirent dans le nemeton, mais aussi des murmures d'insatisfaction. Maponos savait que tous n'approuvaient pas le choix qui venait d'être fait et que beaucoup de peuples et de rois iraient dès le lendemain se ranger derrière les Romains. Mais quel qu'ait été l'homme désigné comme roi, il y aurait eu, de toute façon, des mécontents. *Mieux vaut un chef à moitié populaire que pas de chef du tout !* se dit-il en tendant le meilleur morceau de viande qu'il avait prélevé sur le taureau blanc du sacrifice pour honorer le nouveau roi.

— Entre-temps, reprit Maponos en continuant à distribuer la viande de taureau, Viridorix se chargera de réveiller la rébellion chez les Armoricains. Il a d'ailleurs commencé, si j'en crois les dernières nouvelles qui me sont parvenues du pays des Unelles.

Quelques Osismes et Lexoviens éclatèrent de rire. Leur allié Viridorix n'avait eu besoin de personne pour passer à l'attaque, et sa résistance aux troupes romaines lui valait sa grande renommée parmi les Gaulois.

– Je charge Camulogenos de coordonner la lutte dans les territoires au nord de la forêt des Carnutes afin de protéger notre sanctuaire, poursuivit l'archidruide. Nous devons donner le temps à Vercingétorix de se constituer une solide armée et d'obtenir le plus d'épées, de lances, de javelots possible. Il doit aussi choisir minutieusement son champ de bataille. Mes amis, méfions-nous de la précipitation !

La lune était voilée et la pluie menaçait. Au cœur de la nuit, une silhouette se glissa de maison de pierre en hutte de paille, s'immobilisant un instant pour observer les alentours. Un craquement la figea sur place. Puis, profitant d'une éclaircie dans le ciel, la lueur pâle de la lune illumina un visage. Celtina – puisque c'était elle, cette mystérieuse forme – s'empressa de se jeter de nouveau dans l'ombre. Un grondement lui apprit qu'un molosse l'avait repérée. Économisant ses gestes pour ne pas exciter l'animal, elle psalmodia un chant druidique à voix basse, ce qui eut le bonheur d'apaiser le chien. Il s'arrêta devant elle pour lui lécher les mains. La jeune fille le gratta doucement entre les oreilles, puis le contourna et reprit sa marche silencieuse. Lorsqu'elle passa près de la maison de Viridorix, des ronflements lui apprirent que le roi dormait à poings fermés. Un peu plus loin, elle distingua les silhouettes de quelques guerriers qui se promenaient dans l'oppidum, mais ils avaient les yeux tournés vers la plaine, cherchant à empêcher toute intrusion dans le village. Ils étaient loin de se douter que quelqu'un cherchait à en sortir.

Celtina s'approcha de l'énorme porte en bois de la palissade pour constater qu'elle était solidement fermée par une poutre placée en travers, et qu'il lui était impossible de la déplacer. Mais cela ne la découragea pas. Elle devait juste se montrer patiente. Elle savait qu'une troupe d'éclaireurs de Crociatonum était partie en mission de reconnaissance aux alentours du castrum* romain. Les guerriers n'allaient sûrement pas tarder à rentrer. Elle attendrait donc que l'on ouvrît la porte pour se faufiler à l'extérieur. Elle se posta dans un endroit d'où elle pouvait observer la porte sans être vue.

Après une heure d'attente, ce qu'elle espérait se produisit. La pluie se mit à tomber dru et les guetteurs postés à la palissade cherchèrent un abri. Ils se contentaient de jeter parfois quelques regards au loin, mais comme aucun bruit ne leur paraissait suspect, leur vigilance s'était relâchée.

La pluie redoubla de violence et Celtina en remercia Taranis. Ce fut sous le déluge que les éclaireurs revinrent. Le cliquetis de leurs armes et les éclats de voix s'entendaient à plusieurs coudées. Quatre gardes se hâtèrent d'aller ouvrir la porte de la palissade avant de regagner leur abri. Les guerriers entrèrent dans le camp en troupe compacte et indiscipline. Celtina en profita pour bondir dehors et filer à toutes jambes, se fondant dans le rideau de pluie. Puis, parvenue à bonne distance, elle s'arrêta et tendit l'oreille. Aucune alarme dans l'oppidum. Elle pouvait être tranquille, personne n'avait remarqué sa sortie.

Par les sentiers que les Unelles avaient taillés à travers les futaies*, la jeune fille prit rapidement la direction du sud, vers Tombelaine. Elle espérait y retrouver Sessia. La fête d'Alban Eiler était passée; la déesse des Semailles et des Germinations devait être de retour, comme elle l'avait promis.

Celtina arriva enfin près de la grande rivière qui séparait l'îlot du rivage. Les eaux étaient très hautes et avaient envahi les berges. La pluie l'empêchait de voir ce qui se passait à

Tombelaine. La prêtresse se concentra et, en esprit, entreprit d'explorer les environs de la Tombe de Balan. Aucune trace de Sessia. Les Thuatha Dé Danann étaient là pourtant. Elle vit Dagda, Mac Oc, Brigit et plusieurs autres qu'elle reconnut sans peine. Elle se demanda ce qu'ils attendaient pour venir en aide aux Celtes. Elle décida d'attendre que la pluie cesse pour se rendre à son tour sur l'îlot et pour demander des explications aux dieux.

L'adolescente chercha un abri des yeux et aperçut un énorme tronc d'arbre creux, presque en face de l'îlot. Il constituerait à la fois un bon refuge et un excellent poste d'observation. Elle s'y glissa sans effort, en appréciant d'être au sec. La somnolence ne tarda pas à s'emparer d'elle, et elle s'endormit.

Un bruit insolite, probablement le craquement d'une branche sous un pas lourd, la tira du sommeil en sursaut. Elle sortit la tête de son abri et chercha à percer l'obscurité de la nuit. La pluie avait cessé, mais les nuages qui remplissaient le ciel ne permettaient pas à la lune de diffuser suffisamment de lumière pour qu'elle pût voir très loin. Le bruit qui l'avait réveillée se fit de nouveau entendre. Cette fois, elle en était sûre, quelqu'un marchait sur sa droite, sans même chercher à dissimuler sa progression. Elle entendait le bruit d'une forte respiration, comme celui du soufflet* que son père utilisait dans sa forge. Des grognements, des râles, tout trahissait la bête. Celtina se demanda à quel monstre elle allait devoir faire face, lorsqu'elle vit deux gros arbres abattus comme fétus de paille par le poing d'un géant barbu et blanc. Autour de lui, l'air fumait, transformé en neige fine par le froid qui se dégageait de son corps givré. Le géant renifla fortement en tournant la tête de tous côtés. La prêtresse se blottit dans le tronc de son arbre, voulant échapper à la vue du monstre nordique. Malheureusement, son odeur la trahissait. Le colosse renifla plus fort, puis se dirigea directement vers l'abri de Celtina. Il introduisit une main gigantesque dans le trou, l'attrapa par un bras et l'extirpa sans ménagement de son refuge.

Sans voix, paralysée par la peur, la jeune fille ne parvint pas à émettre le moindre cri. Le géant la leva à la hauteur de ses yeux blancs et glacés pour mieux l'observer. Celtina frissonnait autant de peur que de froid, tant l'air devenait glacial au contact de la peau blanche de cet être étrange venu du nord. Elle songea à mettre à profit ses pouvoirs magiques, mais elle ne parvenait pas à mettre ses idées en ordre pour se concentrer et se métamorphoser. Elle désespérait de chasser sa crainte de son esprit lorsque le rire caverneux du géant lui fit écarquiller les yeux. Le monstre riait à s'en décrocher la mâchoire. Elle se demanda ce qui avait pu, dans son comportement ou son apparence, déclencher cette crise d'hilarité.

— Moi, Grid…, articula l'être nordique, tandis qu'un glaçon tombait de ses énormes narines.

— Celtina…, balbutia-t-elle.

Le géant déposa l'adolescente sur son épaule, la tenant délicatement pour l'empêcher de tomber.

— Celtina… n'aie pas peur! Grid n'est pas méchant, souffla-t-il, toujours en rigolant.

La jeune prêtresse reçut une bouffée de son haleine glacée en plein visage.

— Grid ne veut pas obéir aux mauvais Fomoré, continua-t-il. Grid a trouvé une bonne cachette. Meilleure que la cachette de Celtina. Celtina va venir avec Grid. Grid va la protéger. Les méchants Fomoré veulent tout diriger, mais pas Grid. Non, pas Grid! Grid est un homme libre.

— Tu as raison, Grid, il ne faut pas obéir aux Fomoré. Mais j'ai appris que plusieurs géants ont décidé de le faire et de s'en prendre aux terres des prêtresses de Tombelaine et des Unelles. Sais-tu qui est le responsable de cette invasion?

— Foltor, le Fomoré… Très mauvais, très mauvais. Celtina doit faire attention.

— Je comprends. Je serai très prudente. Mais, je t'en prie, laisse-moi dans ma cachette. Les Thuatha Dé Danann vont bientôt venir au secours des Unelles, et je dois être là pour les accueillir.

– Non, c'est un très mauvais abri. Celtina doit venir avec moi. Le Tertre de la Grande Abîme est une meilleure cachette.

Sans attendre l'avis de l'adolescente, le géant repartit par où il était venu, toujours en reniflant pour repérer d'éventuels dangers. Installée sur son épaule, Celtina se cramponnait tant bien que mal à sa chevelure de glace pour ne pas glisser vers le sol.

À Tombelaine, les dieux les plus nobles continuaient de subir l'oppression de Bress. Sessia était obligée de semer des graines et de planter des plants de légumes devant servir à nourrir tout le clan, sans jamais prendre de repos. Elle était épuisée. Même en étant conscients que les hommes et Celtina comptaient sur eux, les Thuatha Dé Danann étaient trop occupés et fatigués pour s'intéresser encore au sort des Celtes. Du soir au matin et du matin au soir, ils travaillaient sans relâche pour satisfaire les caprices de Bress.

Un matin, alors qu'il profitait d'un petit répit pour reprendre son souffle, Dagda rencontra Cridenbel l'aveugle. Ce barde était un paresseux, vivant aux crochets* du clan, ne levant jamais le petit doigt pour aider qui que ce fût, et, surtout, il était les oreilles de Bress, lui rapportant tout ce qu'il entendait lorsqu'il s'approchait sournoisement de dieux en train de se plaindre de la mauvaise gestion du nouveau roi.

Malheureusement, Cridenbel était satiriste, et c'était la raison pour laquelle tous le craignaient et n'osaient ni le chasser ni le punir pour ses mauvaises actions. Quand le barde lançait une satire contre quelqu'un, son destinataire ne pouvait pas s'y soustraire, au risque de perdre son honneur, sa santé ou la vie. Ce matin-là, donc, Cridenbel s'approcha en douce de Dagda et lui lança:

— Je trouve que ta part de nourriture est bien trop importante par rapport à la mienne, Dagda. Tu n'as pas besoin de tout cela. J'exige par conséquent que tu me réserves toujours les trois meilleurs morceaux de ton repas tous les soirs.

— Mais…, protesta Dagda, ta part est déjà fort abondante. Chaque morceau que tu reçois représente le poids d'un bon cochon! Tu ne travailles pas, tu n'as pas besoin d'autant de nourriture.

— Il en va de ton honneur, Dagda! satirisa le barde à la panse* déjà bien arrondie.

Le Dieu Bon comprit qu'il ne pouvait rien faire, et surtout pas se soustraire à cette exigence sans risquer de perdre sa réputation. Le soir même, Dagda remit les trois meilleures parts de son repas au barde qui les avala sans même remercier son généreux donateur.

De jour en jour, le Dieu Bon se plia à cette exigence terrible, tout en poursuivant la tâche harassante de fortifier Tombelaine et d'y construire la plus belle demeure royale qui fût pour Bress. Comme de raison, Dagda s'affaiblissait et Cridenbel se réjouissait.

Le cinquième soir, Dearg, l'un des fils de Dagda, vint trouver son père alors que ce dernier peinait à creuser un fossé autour de la résidence du roi. Il s'étonna de le trouver sans force, à la limite de l'évanouissement. Dagda confia à son fils les demandes exorbitantes de Cridenbel.

– Il ne me laisse que les os à ronger…, déplora le dieu.

Dearg réfléchit un instant, puis, pris d'une inspiration soudaine, il fit apparaître trois pièces d'or et les déposa dans la main tremblante de son père.

– Voilà mon conseil. Glisse ces pièces d'or dans les trois morceaux de viande que tu donneras ce soir au barde. Fais en sorte de ne choisir que les plus beaux, les plus gros, les plus appétissants. Il faut que Cridenbel les avale gloutonnement. L'or tournera dans son ventre et le fera mourir. Je m'arrangerai ensuite pour qu'un serviteur du barde aille dire à Bress que tu as empoisonné le satiriste avec des herbes vénéneuses.

– Mais, protesta Dagda, le roi sera furieux et voudra me châtier en m'ôtant la vie à mon tour.

– J'y compte bien ! s'exclama Dearg. Pour te défendre, tu diras que, comme Cridenbel l'exigeait, tu lui as donné tes trois meilleurs morceaux, c'est-à-dire tes pièces d'or, mais que le glouton les a avalés tout rond et que c'est ce qui a causé sa perte. Et ensuite…

Dearg confia à Dagda, dans le creux de l'oreille, ce qui allait se passer. Le soir venu, le Dieu Bon procéda comme son fils le lui avait recommandé. Le satiriste avala gloutonnement la nourriture de Dagda, comme à son habitude. Mais, au petit matin, on alla avertir le roi que Cridenbel avait été retrouvé mort dans son lit. Le serviteur accusa Dagda d'avoir empoisonné le satiriste avec des herbes dangereuses. Bress convoqua le dieu devant lui et le menaça de mort si l'empoisonnement était démontré.

– Je ne suis pas coupable, lança Dagda. Cridenbel m'a demandé mes trois meilleurs morceaux. Ce que je possédais de mieux, c'étaient mes trois pièces d'or. Je les lui ai remises. Ce n'est quand même pas ma faute si cet idiot les a avalées et s'il n'a pas supporté d'avoir de l'or dans son estomac.

– Puisqu'il en est ainsi, décréta Bress qui doutait de la version présentée par Dagda, qu'on examine le ventre de Cridenbel. Et nous verrons si l'or s'y trouve. Si tu mens, tu perdras la tête, Dagda.

Ce fut Carthba, le plus expérimenté des druides des Thuatha Dé Danann, qui procéda à l'examen du corps de Cridenbel.

– Les trois pièces d'or sont là ! s'exclama brusquement le druide en levant la monnaie au-dessus de sa tête pour que tout le monde vît l'argent.

Le cri de Carthba innocenta totalement Dagda. Le soir même, puisqu'il n'était plus obligé de donner sa meilleure part de nourriture au barde satiriste, le Dieu Bon commença à reprendre des forces.

Et les langues se délièrent aussi. Car, puisque Cridenbel n'était plus là pour laisser traîner ses grandes oreilles et rapporter tous leurs propos à Bress, les dieux et les déesses en profitèrent pour se plaindre plus ouvertement de leur nouveau roi.

– Jamais il ne nous offre un festin pour nous remercier de notre travail, soupira Luchta, le dieu-charpentier.

– Jamais nous n'avons d'assemblées pour écouter nos poètes et nos musiciens, se plaignit Coirpré, le druide-poète de la tribu.

– Jamais Bress ne nous offre de grandes compétitions où nos champions peuvent s'affronter, montrer leur savoir-faire et se couvrir de gloire grâce à leurs exploits, gronda Mac Oc.

— Et moi qui n'ai plus qu'une main, je ne peux guère vous aider…, se lamenta Nuada à la Main d'argent. Si je pouvais retrouver mon trône, je ferais immédiatement cesser cette humiliation.

— Que pouvons-nous faire? demanda Sessia.

Sa question ne reçut pas de réponse, car le garde borgne chargé de surveiller les flots autour de Tombelaine criait à tout vent:

— Alerte, alerte!

Aussitôt, les Thuatha Dé Danann se précipitèrent sur le rivage pour voir ce qui semait tant d'émoi chez le guetteur. Dans une barque, ils virent arriver deux adolescents de grande distinction, un garçon et une fille.

— Ce sont mes enfants! s'exclama Diancecht, le dieu-médecin. Ils sont de retour des Îles du Nord du Monde où ils sont allés apprendre l'art de la médecine. Accueillons Octriuil et Airmed avec bienveillance!

Chapitre 6

Lorsqu'ils descendirent de leur coracle, les deux enfants de Diancecht furent rapidement entourés d'amis et de parents accourus à l'annonce de leur arrivée.

– Vous êtes déjà de retour des Îles du Nord du Monde ! s'étonna Diancecht. Qu'avez-vous appris auprès de vos maîtres ?

– Nous sommes devenus d'excellents médecins, se vanta Octriuil en aidant sa sœur à descendre de l'embarcation.

– Si vous êtes si doués, lança en rigolant Gamal, le guerrier borgne, alors il faut le prouver. Je suis borgne, comme vous le voyez, alors faites en sorte que j'aie un nouvel œil à la place de celui qui me manque !

– C'est facile, s'écria Octriuil. Tiens, tu vois ce chat qui se faufile entre les herbes hautes. Que quelqu'un l'attrape ! Je vais mettre l'un des yeux de ce matou à la place de celui qui te manque.

Certains dieux et héros esquissèrent un petit sourire, doutant fortement des propos du jeune Octriuil.

– Si tu réussis cette opération, je louerai tes mérites dans toutes les assemblées des dieux, fit Gamal, enthousiaste.

Alors, Octriuil et sa sœur Airmed se mirent à l'ouvrage et, en peu de temps, le borgne fut doté d'un nouvel œil et d'un regard perçant.

Toutefois, l'homme était à moitié satisfait de l'opération, car il ne parvenait plus à dormir que d'un œil. Chaque fois que retentissait un cri de souris, un battement d'ailes d'oiseau ou le frémissement du vent dans les roseaux, son œil de chat s'ouvrait, et il se réveillait. Et pire, lorsqu'il s'agissait de surveiller Tombelaine, de guetter une troupe de guerriers de l'autre côté de la rivière ou d'épier le comportement des nobles, il n'arrivait pas à fixer son attention fort longtemps ; l'œil se fermait et le garde s'endormait.

Malgré tout, après avoir testé son nouvel œil pendant quelque temps, l'homme alla trouver Nuada à la Main d'argent pour lui vanter les talents d'Octriuil et d'Airmed.

– S'ils sont si adroits que tu le dis, je dois les rencontrer ! s'exclama Nuada. Ils représentent peut-être ma seule chance de salut.

Lorsqu'ils furent introduits dans la résidence de l'ancien roi des Thuatha Dé Danann, les deux jeunes gens entendirent des soupirs pitoyables. Visiblement, quelqu'un souffrait.

– Quel est ce cri de douleur et de désespoir ? s'écria Airmed. On dirait celui d'un guerrier dont un membre est attaqué par la vermine.

Les deux jeunes médecins firent étendre Nuada à la Main d'argent sur sa couche et lui retirèrent la prothèse que leur père lui avait confectionnée après la bataille contre les Fir-Bolg. Ils découvrirent le moignon* grugé par des insectes qui s'enfuirent aussitôt le membre artificiel enlevé.

– Heureusement que nous sommes arrivés à temps, fit Octriuil. L'infection aurait pu te tuer, Nuada. Cette main artificielle est bien conçue et bien ajustée, mais rien ne remplacera un membre de chair et d'os.

– Il faudrait que quelqu'un accepte de te donner sa main…, expliqua Airmed. Il en faut une qui ait la même grosseur et la même longueur que celle que tu avais auparavant.

Lorsqu'ils apprirent la demande d'Airmed, les nobles des Thuatha Dé Danann s'examinèrent les uns et les autres pour trouver la main qui irait le mieux à Nuada. Mais chaque fois que l'un d'eux pensait être un donneur possible, Octriuil et Airmed lui trouvaient un défaut.

Finalement, après avoir examiné la main droite de chaque dieu, de chaque noble, de chaque héros et de chaque serviteur, les jeunes médecins trouvèrent que c'était celle de Moccus, le chef porcher, qui convenait le mieux.

– Moccus, acceptes-tu de donner une de tes mains pour sauver Nuada? l'interrogea Octriuil.

– Volontiers, répondit le chef porcher sans une hésitation. Si ce don peut nous aider à nous débarrasser des injustices de Bress et permettre aux Celtes de se libérer de l'oppression des géants et des Fomoré, alors que Nuada prenne ma main.

Et Moccus emmena Octriuil et Airmed dans l'enclos de sa porcherie, près d'un cercle de pierres où il avait placé la main de Nuada pour la préserver après l'avoir ramassée sur le champ de bataille.

– Moccus, tu as fait preuve d'une intelligence sans pareille en préservant la main du roi. Quelle merveilleuse idée ! s'exclama Airmed.

Si ses enfants étaient heureux de l'initiative du chef porcher, Diancecht, le dieu-médecin, décochait des coups d'œil furieux en sa direction. Pourquoi Moccus ne lui avait-il pas remis le membre manquant, au lieu de le laisser confectionner une main d'argent ? Avait-il si peu confiance en ses capacités de médecin ?

– Pendant que je procéderai à l'opération, dit Airmed à son frère, tu iras chercher les herbes médicinales.

Personne ne fit attention à l'œil mauvais de Diancecht.

Lorsque le garçon revint avec les plantes appropriées, Airmed en enveloppa la main de Nuada, et la greffe fut tellement bien faite, sans le moindre défaut, que toute personne ignorant que le roi avait perdu sa main durant la bataille n'aurait jamais pu douter que cette nouvelle main n'était pas la sienne.

– Maintenant que Nuada a retrouvé toute son intégrité physique, déclara Carthba, le druide, il faudrait lui rendre la souveraineté sur les Tribus de Dana. Il n'y a plus aucune raison de l'en priver plus longtemps.

– Je suis d'accord avec toi, intervint Rosmerta, déesse de la Santé.

– C'est impensable, protesta Brigit, fille de Dagda et épouse de Bress. Vous avez donné la royauté à mon époux, vous ne pouvez pas la lui ôter sans son accord.

– C'est vrai, car ton mari a pris goût au pouvoir et ne l'abandonnera pas aussi facilement, déclara Agrona, déesse des Différends.

– Et pourtant, nous ne pouvons pas continuer à subir ses caprices, ses demandes incessantes et exagérées, lança Andrasta, déesse de la Révolte.

– Je sais ce qu'il faut faire, intervint alors Dagda. Demandons à Coirpré, notre druide-poète, qui est aussi satiriste, de provoquer Bress sur ses faiblesses et ses injustices.

Les dieux, les déesses et les héros se prononcèrent en votant en faveur ou contre la proposition de Dagda. Seule Érine, la mère de Bress, et Brigit, sa femme, refusèrent de le faire.

Le soir même, Coirpré s'arrangea pour se faire inviter dans la résidence royale de Bress.

Dès l'entrée, le druide-poète déclara que la maison était sombre, très petite et qu'elle manquait de confort. Puis il reprocha à Bress de ne pas lui fournir de feu pour se chauffer et s'éclairer, ni suffisamment de nourriture pour apaiser sa faim. Il déplora que les petits pains remis par les serviteurs fussent rassis et que pour toute boisson on ne lui donnât que de l'eau, lui qui espérait de la bière ou de l'hydromel. Enfin, il pesta contre le lit qu'il jugea vraiment inconfortable.

Le lendemain, Coirpré se leva de mauvaise humeur et sortit de la maison en lançant de dures paroles contre le roi.

— Sans bonne nourriture servie dans de la belle vaisselle, sans lait de vache onctueux et frais, sans poète et sans musicien, que vaut la maison de Bress? Que vaut un roi qui ne sait pas distribuer ses richesses? Désormais, il n'y aura ni récolte, ni moisson, ni lait sur cette terre, tant que Bress en restera le roi. Ce que j'ai dit, nul ne peut le défaire, pas même moi.

En entendant cette malédiction, Bress surgit de sa maison et alla trouver les Thuatha Dé Danann qui s'étaient réunis près de la Tombe de Balan. Il était furieux, mais aussi effrayé.

— Pourquoi avez-vous demandé à Coirpré de proférer cette malédiction contre moi? Un roi ne doit subir aucune pression de ce genre, aucun mauvais sort.

– C'est simplement parce que tu n'es pas un roi digne de ce nom, Bress, lui répondit durement Dagda. Tu ne nous donnes jamais rien de ta main et, en plus, tu nous traites comme des esclaves.

– Et tu n'as rien fait non plus pour aider les hommes qui sont aux prises avec les Fomoré, continua Andrasta.

– Nous t'avons donné la royauté parce que Nuada avait perdu une main. Toi, tu avais les deux, mais tu n'as pas su t'en servir pour aider ton peuple, pour lui procurer prospérité et paix, le condamna Goibniu, le dieu-forgeron.

– Qu'aurais-je pu faire? pleurnicha Bress. Je ne peux pas non plus me retourner contre les Fomoré, puisque mon père est leur prince.

– Nuada a retrouvé ses deux mains, alors tu dois abdiquer, trancha Dagda. Car maintenant que Coirpré a lancé sa malédiction sur toi, ton règne ne pourra nous causer que misère et injustice. Que feras-tu s'il n'y a plus d'herbes dans les prés pour nourrir les chevaux et les troupeaux? Les vaches ne nous fourniront plus de lait, les moutons et les cochons vont dépérir, les champs deviendront stériles. Si tu t'obstines à être roi, tu ne nous attireras que des malheurs.

– D'accord, d'accord, je vais reconnaître Nuada comme notre roi, mais ne me rejetez pas…, marmonna Bress.

– Tu seras toujours chez toi parmi les Thuatha Dé Danann. Nous te garantissons une part lors de nos festins, et tu seras toujours le bienvenu sur nos terres, accepta Carthba.

Alors, Bress se dirigea vers la maison de sa mère, la tête basse, pour lui dire au revoir. Mais l'homme était rusé, et surtout fâché d'avoir perdu tout pouvoir. Il demanda à Érine de lui faire rencontrer son père Élatha, le Fomoré, qu'il n'avait jamais connu.

Pendant ce temps, sous le Tertre de la Grande Abîme, Grid et Celtina attendaient que les Thuatha Dé Danann reviennent enfin aider les Celtes. Mais le temps passait, et aucun dieu ne se manifestait. L'adolescente était à la fois fâchée et inquiète de cette situation. Où était passée Sessia? Qu'était-il arrivé aux Thuatha Dé Danann pour les empêcher de venir au secours des Celtes? Et pourquoi, alors que l'Alban Eiler était arrivé, les graines s'étaient-elles mises à pourrir sous l'effet de la pluie, de la neige et du givre qui s'abattaient sur la terre des Unelles jour après jour?

Évidemment, la jeune prêtresse ne savait rien de l'élection de Bress, de son mauvais gouvernement, de la satire lancée contre lui par Coirpré, et finalement du succès de l'opération chirurgicale effectuée par Octriuil et

Airmed pour rendre à Nuada la main qu'il avait perdue.

– Grid, il se passe quelque chose de grave, déclara-t-elle après une semaine d'attente. Si Nuada s'est rendu compte que l'escarboucle de son épée a disparu, il est peut-être parti à sa recherche, et c'est…

– L'escarboucle! l'interrompit Grid. Mais je sais où elle se trouve!

Celtina dévisagea le géant d'un air ahuri.

– Pourquoi ne me l'as-tu pas dit?

– Parce que tu ne me l'as pas demandé! C'est la première fois que tu parles de ce joyau devant moi. Comment voulais-tu que je devine?

Celtina fit la grimace. En effet, Grid n'avait pas le pouvoir de lire dans les pensées et ne pouvait donc pas savoir ce qui se passait dans la tête de son amie.

– Il faut absolument que je récupère le grenat. Avec Caladbolg, Nuada pourra nous aider. Je dois retrouver cette pierre.

– C'est trop dangereux, Celtina, la pierre a été récupérée par Wyvern. Il la porte au front. Il ne s'en séparera jamais, car il se pense très beau et irrésistible avec cette parure. L'escarboucle lui donne du prestige.

– Qui est ce Wyvern?

– C'est un monstre qui a d'énormes griffes aux pattes antérieures. Il est vert, mais son ventre et le dessous de ses ailes de chauve-souris sont rouges. Ce serpent ailé traverse la nuit comme un trait de feu depuis qu'il a inséré l'escarboucle entre ses deux yeux, sur le sommet de son crâne.

– Où pourrais-je le trouver?

– Il habite près d'une source, juste à l'endroit où l'eau jaillit du sol, dans le Tertre Douloureux.

– Je dois absolument le surprendre dans son nid, pendant son sommeil, réfléchit l'adolescente à voix haute.

– Tu n'y penses pas! C'est de la folie, s'insurgea Grid. Le dragon ne sommeille jamais. Ses yeux, brûlants comme des braises, demeurent constamment ouverts. Il ne connaît ni repos ni lassitude. Il est le gardien du plus important trésor des dieux, et sa surveillance ne sera jamais prise en défaut.

– Il doit bien y avoir une solution... je la trouverai! s'entêta Celtina. Reste ici si tu as peur, Grid, mais, moi, je ne peux pas attendre comme un rat dans ce trou, sans rien faire.

– Si Wyvern te surprend en train de pénétrer dans son antre, sa vengeance sera terrible. N'y va pas, enfant de Mona.

– Dis donc, tu me sembles bien informé pour quelqu'un qui préfère vivre à l'écart du monde! s'exclama alors Celtina sur un ton suspicieux. Que me caches-tu encore? Tu en sais beaucoup plus, vas-y! vide ton sac, Grid le géant.

– C'est bon, soupira le géant alors que quelques larmes de glace coulaient dans sa barbe givrée. Voilà quelques renseignements qui pourront t'être utiles, puisque tu sembles bien décidée à aller le trouver et à ne pas écouter mes conseils. Wyvern dépose parfois cette escarboucle sur la rive, dans la mousse, sur une touffe d'herbe, ou sous une pierre, avant de boire ou de se baigner. C'est à ce moment-là que tu auras le plus de chances de t'en emparer. Mais, comme il passe le plus clair de son temps sous terre, il te faudra sûrement pénétrer dans le Tertre Douloureux et…

Grid grimaçait et ne parvenait pas à finir sa phrase.

– Et? fit la jeune prêtresse pour l'encourager.

– Et… au fond du trou, il est secondé par l'Avaleur d'âmes. Tu ne dois pas y aller, Celtina. Je te l'interdis. C'est trop périlleux…

– Qu'est-ce que c'est encore que ça, l'Avaleur d'âmes? Va-t-il falloir que je te tire tous les mots de la bouche pour que tu me dises enfin tout ce que tu sais?

– L'Avaleur d'âmes, je ne sais pas ce que c'est. J'en ai juste entendu vaguement parler par Foltor. Je sais simplement que c'est dangereux, très dangereux! Et que tous ceux qui ont croisé sa route ne sont jamais revenus de leur voyage dans son monde souterrain.

– C'est bon. J'y vais, maintenant. Tu n'as pas le droit de m'en empêcher. Tu peux m'accompagner ou rester ici, mais, moi, je pars tout de suite.

Celtina ramassa son sac qu'elle jeta sur son épaule et remonta le conduit sombre qui reliait la caverne, sous le Tertre de la Grande Abîme, à la surface de la terre.

Arrivée à l'extérieur, elle attendit quelques secondes pour laisser à ses yeux le temps de s'habituer à la lumière pâle de l'aube. Puis elle regarda en direction de Tombelaine, au cas où les Thuatha Dé Danann se seraient enfin décidés à revenir vers les Celtes. Mais la brume ne lui permit pas de distinguer quoi que ce fût. Alors, elle jeta un coup d'œil derrière elle pour vérifier si Grid l'avait suivie, mais, ne voyant pas venir le géant, elle s'éloigna en murmurant :

– Bonne chance, Grid! J'espère que nous nous reverrons un jour!

Chapitre 7

Le brouillard continuait de recouvrir la terre de son voile épais. L'air était frais, mais Celtina ne ressentait ni le froid ni la crainte. Puisqu'elle n'avait pas réussi à obtenir l'aide des Unelles pour chasser les Romains, elle avait décidé de s'adresser directement aux dieux qui, jusqu'à maintenant, avaient toujours veillé sur les affaires humaines, en général, et sur elle, en particulier.

La jeune prêtresse se concentrait donc sur son idée: récupérer l'escarboucle et la rendre à Nuada afin que le roi des Thuatha Dé Danann pût mettre son épée au service des Celtes.

Grid le géant lui avait dit de chercher le Tertre Douloureux, mais elle se demandait bien comment parvenir à trouver cet endroit sans aide. Le nom laissait supposer un lieu tourmenté, à la limite de l'effrayant, puisque le géant avait aussi mentionné la présence de l'Avaleur d'âmes.

Celtina parcourait donc le pays, examinant les champs de pierres mégalithiques, scrutant les tumulus, parcourant les galeries de plusieurs dolmens à moitié écroulés, s'enfonçant toujours plus profondément au cœur des forêts. Elle marcha des nuits et des jours, se reposant à peine. Parfois, croisant des paysans qui s'affairaient à labourer et ensemencer leurs champs, à ramasser du bois mort, à capturer des grenouilles et des escargots ou à récolter des pissenlits pour agrémenter leur ordinaire, elle les interrogeait sur le Tertre Douloureux. Comme personne ne parvenait à la renseigner, elle poursuivait sa route, de plus en plus abattue à la pensée de ne jamais trouver ce lieu étrange et mystérieux qui semblait vouloir échapper à sa vue.

Un après-midi, alors qu'elle se traînait, épuisée et découragée, Celtina aperçut au loin la palissade d'une ville solidement bâtie en dur. Elle la reconnut. Elle était de retour à Gwened. Cela lui redonna confiance, car, dans une importante agglomération telle que celle-ci, elle allait sûrement trouver quelqu'un qui saurait la renseigner.

Ce fut le cœur plus léger et le pas un peu moins lourd qu'elle passa la grande porte de la ville. Sa première préoccupation fut de se trouver un endroit pour manger et dormir. Heureusement, les Vénètes étaient accueillants et elle dénicha facilement une maison charitable pour la recevoir. Après avoir contenté son estomac qui criait famine, l'adolescente s'endormit enfin d'un profond sommeil dans un bon lit de bois bien rempli de paille douillette.

Ce ne fut que le lendemain matin, alors que Grannus, le soleil, étirait déjà largement ses rayons à l'horizon, qu'elle interrogea la matrone qui lui offrait un bol de lait encore chaud, tout juste sorti du pis de la vache.

– Le Tertre Douloureux, dis-tu? Ce nom ne me dit rien. À ma connaissance, le seul endroit qui puisse ressembler à ta description est Govero. C'est une petite île dans le golfe. Elle sera accessible à pied sec dans quelques jours, car, pendant la saison froide, les eaux montent et empêchent quiconque de s'y rendre. Je te conseille d'aller au port. Tu y trouveras les marins d'Érec, notre chef, qui pourront sans doute t'en apprendre plus.

Celtina suivit les conseils de la femme et s'en alla s'asseoir à l'endroit même où elle avait retrouvé le druide Verromensis plusieurs lunes plus tôt. Elle prit plaisir à écouter le cri des pêcheurs qui rentraient avec leurs barques remplies de dorades*, de morgates* et de bars* frétillants, et celui des marchands qui s'installaient pour vendre leurs primeurs*. Malgré le temps incertain, toute cette activité lui redonna courage.

Finalement, Celtina interpella un marin, vraisemblablement l'un des guerriers d'Érec, car il descendait d'un bateau arborant la voile carrée et, sur ses flancs, les boucliers des navires de guerre de la flotte vénète.

– Je suis Celtina, du Clan du Héron!

— Et moi, Moritix, du Clan du Congre*.

— Peut-être peux-tu m'aider. Je cherche le Tertre Douloureux. Tout ce que je sais, c'est qu'il doit y avoir un grand trou ou une caverne, un endroit humide ou mieux encore une rivière à proximité. On m'a parlé de Govero… Peux-tu m'en dire plus?

— Govero est une petite île, pas très loin d'ici, près de Larmor, le Village de mer, lui confirma Moritix. On y trouve un cairn de pierres qui a été construit par le peuple qui était là avant nous, il y a très, très longtemps. C'est un endroit dangereux, car, sous l'eau, il y a un gouffre et des tourbillons cachés. Govero se situe au-dessus du chenal* de la rivière qui traverse le golfe, précisément à l'endroit où l'on trouve les courants les plus violents que jamais marin n'ait eu à affronter.

— Indique-moi la direction à prendre pour me rendre au Village de mer, je suis sûre que cette île est le lieu que je cherche, car ta description correspond à l'endroit périlleux que l'on m'a décrit.

— Il te faut remonter un peu vers le nord-ouest, à une demi-journée de marche. Mais attention! n'essaie pas de te rendre sur l'île avant qu'un passage à sec soit ouvert, car tu pourrais te noyer, lui recommanda Moritix. La rivière apparemment tranquille qui se jette dans la mer est un endroit tumultueux. L'eau de mer et l'eau douce y luttent sans merci au gré des marées, et le passage est très étroit.

– Je suivrai ton conseil, marin. Bon vent !

Après une demi-journée de marche, comme l'avait dit Moritix, Celtina parvint à la palissade du Village de mer, où on la reçut avec bienveillance. Les hommes étant revenus depuis longtemps de la pêche, l'activité était réduite dans l'oppidum : les paniers étaient vidés et les ménagères, déjà reparties avec leurs provisions. Les villageois s'étaient réunis autour d'un feu, au milieu du village, pour écouter les exploits des pêcheurs et les légendes des marins et des poètes. Celtina se glissa parmi eux, espérant qu'une des chansons des bardes ou des histoires des hommes de mer lui en apprendrait davantage sur l'île mystérieuse qu'elle avait aperçue juste en face de l'oppidum, à son arrivée.

– Alors, au cœur de la nuit, Sirona, la déesse de la Lune et des Étoiles, vient parfois combattre le dragon, commença à voix lente et sur un ton mystérieux le barde Labaros. Parfois, le dragon gagne la bataille et avale la lune. Alors, son corps devenu laiteux illumine le ciel qui prend des teintes de bleu, de vert, de rouge ou même de violet. Ce n'est que lorsque

Grannus le soleil vient au secours de Sirona
que la lumière revient…

Celtina esquissa un sourire, et une pointe
de mélancolie s'insinua dans son cœur. Dans
la Maison des Connaissances, Maève leur avait
déjà raconté plusieurs fois cette histoire qui
impressionnait les plus jeunes des élèves et les
nouveaux venus, jusqu'à ce que la grande prophétesse leur explique ce qu'étaient les éclipses
lunaires et les aurores boréales.

Les premiers jours de Cutios, le mois des
invocations, étaient déjà arrivés et, tous les
soirs, les Vénètes réunis dans les villes et les
villages faisaient leurs dévotions aux dieux
pour s'assurer protection, prospérité et puissance. Peu après que le druide Senoto eut
appelé les dieux et les déesses par leur nom
pour leur rendre hommage, et que tous les
villageois eurent bu à la santé des Thuatha Dé
Danann, Celtina se présenta au sage, l'attira à
l'écart et l'interrogea sur Wyvern.

– Ce monstre est facile à trouver, car ce
n'est pas un être vagabond. Il vit depuis des
lunes et des lunes dans la même caverne. Il a
ses habitudes et on peut facilement l'apercevoir. Il ne se déplace que pour se rendre de son
repaire jusqu'à la rivière où il fait ses ablutions*.
Parfois, la nuit, il tournoie au-dessus du village,
ou se laisse bercer au fil de l'eau lorsque la
température est douce. Mais, tous les soirs, à
heure fixe, il sort pour se désaltérer.

– C'est donc à ce moment-là qu'il dépose son escarboucle et qu'on peut tenter de s'en emparer, murmura Celtina.

– Tant qu'on ne le provoque pas, Wyvern n'est pas dangereux. Je dirais même que le monde humain l'indiffère totalement. Mais attention, si quelqu'un tente de s'emparer de son trésor, il deviendra une bête furieuse, se jettera sur l'imprudent et s'acharnera contre lui avec une telle férocité qu'il sera impossible à quiconque de se porter au secours du voleur.

– Pourtant, il ne doit pas posséder cette escarboucle depuis fort longtemps…, réfléchit la jeune prêtresse à haute voix.

– Comment le sais-tu? s'exclama Senoto.

Il observa longuement Celtina et ses yeux perçants ne tardèrent pas à s'ancrer au regard céladon de la jeune fille. Senoto portait bien son nom; en gaulois, ce mot signifiait «magicien», et ce fut par la magie de ses pupilles dilatées qu'il hypnotisa la prêtresse et la força à raconter tout ce qu'elle savait à propos de l'escarboucle. Toutefois, lorsqu'il comprit que ce grenat était la gemme* magique qui donnait toute sa puissance à Caladbolg, l'épée de Lumière de Nuada, Senoto prit peur et mit un terme à son hypnose.

– Va-t'en, cria-t-il, tu vas apporter le malheur sur notre clan. Tu ne peux pas rester ici… Va-t'en!

Senoto avait compris que, sans son épée magique, Nuada ne pouvait plus mener les Thuatha Dé Danann au combat. Il en avait tiré la conclusion que cet empêchement livrait les gens de Larmor pieds et poings liés aux injustices des Fomoré et des géants qui sévissaient déjà au pays des Unelles, comme l'avaient rapporté quelques cavaliers de passage dans la région. Et Senoto ne tenait pas à attirer la colère de ces créatures sur son clan. Si les Fomoré apprenaient qu'il offrait asile à une prêtresse qui s'était donné pour mission de retrouver le joyau afin de rendre ses pouvoirs à Nuada, ces terribles êtres visqueux ne feraient pas de cadeau au Village de mer. Ils le détruiraient purement et simplement.

— Ne pourrais-je au moins passer la nuit ici… près du feu? osa Celtina.

— Non, va-t'en, pars loin. Ne te retourne pas. Ne reviens jamais!

Tête basse, la jeune fille prit son sac et s'éloigna en traînant les pieds. Elle ne pouvait risquer de désobéir à Senoto, elle avait ressenti toute sa puissance magique. Et surtout, qui aurait osé s'opposer à un commandement druidique? Seul un fou ou un inconscient. Et elle n'était ni l'un ni l'autre.

Elle sortit de l'oppidum et alla se poster au bord du rivage, juste en face de l'îlot de Govero. Levant les yeux au ciel, elle apprécia le spectacle de l'éclipse lunaire pendant près de soixante minutes. Cette nuit-là, l'adolescente ne dormit pas ; elle resta les yeux fixés sur l'îlot, se demandant quand elle pourrait y accéder sans risque.

À quelques lieues de là, Arzhel, que Flidais avait sorti du marécage boueux où il croupissait, était arrivé dans un campement. Lorsqu'il s'était approché de la clairière où fumait un immense feu, il avait d'abord cru avoir affaire aux Fianna, mais il s'était rapidement ravisé en découvrant que la plupart des membres du groupe étaient soit des géants, soit des Fomoré.

Sa première réaction avait été de se dissimuler, puis d'essayer de contourner le groupe, mais une voix qu'il connaissait avait attiré son attention. Il était resté tapi près d'une demi-heure à espionner les faits et gestes de ces créatures, jusqu'à ce qu'il finît par reconnaître la personne à qui la voix appartenait.

Énogat ! se dit-il. *Que fait donc un ancien élève de Mona avec ces hommes ?*

Mais la réponse lui vint instantanément à l'esprit. *Bien entendu, j'avais oublié qu'Énogat était un Fomoré que sa mère a confié à Maève pour lui apprendre les bonnes manières, mais aussi pour lui permettre de s'élever au sein de sa tribu, grâce aux connaissances acquises.*

Voilà pour moi l'occasion de récupérer un vers d'or, pensa Arzhel en ricanant.

Alors, avec témérité, le jeune druide sortit de sa cachette et fit une entrée fort remarquée au centre de la clairière où les Fomoré et les géants étaient en train de mettre sur pied un plan pour évincer les Thuatha Dé Danann de toutes les terres celtes, tout comme ils avaient réussi à les chasser du territoire unelle.

Les guerriers fomoré prirent les armes, tandis que les géants se précipitaient vers Arzhel pour le capturer. En deux temps, trois mouvements, le jeune homme se retrouva cerné de toutes parts ; la fuite n'était plus possible. Alors, jugeant la situation périlleuse, Arzhel interpella Énogat, son ancien condisciple* :

– Eh bien, Énogat, c'est ainsi que tu reçois tes anciens amis, honte sur toi !

Le jeune Fomoré vint examiner Arzhel de près, car il avait hérité de la mauvaise vue de son père, et reconnut enfin son compagnon d'études.

– Père, lança-t-il à Irold, un Fomoré au visage monstrueux et au corps difforme, voici Arzhel, mon ami de Mona, celui dont je t'ai tant parlé.

Comme tous les purs Fomoré, Irold avait une seule jambe, une seule main, un seul œil au milieu du front, et trois rangées de dents tranchantes et aiguisées comme des couteaux. Énogat ne lui ressemblait pas du tout, sa mère étant une Fir-Bolg, ce qui avait permis au jeune apprenti druide d'hériter de caractéristiques physiques plus humaines et moins repoussantes. Et, comme tous les élèves de Maève, Énogat avait également appris à se métamorphoser. Il avait donc pu modifier son apparence à son goût.

Les yeux globuleux et chassieux d'Irold se fixèrent sur Arzhel. De la bave dégoulinait entre ses dents pointues. Le jeune homme put lire les pensées intéressées du Fomoré sur ses traits grimaçants. Ce dernier avait, lui aussi, compris tous les avantages qu'il pourrait tirer des renseignements que cet imprudent, qui s'était tout bonnement jeté dans la gueule du loup, pourrait lui fournir. Volontairement ou non. Arzhel espérait simplement qu'Énogat avait tenu la promesse faite à Maève, et qu'il n'avait confié son vers d'or à personne, surtout pas au sein de la tribu des Fomoré.

Le jeune Énogat fit un clin d'œil à Arzhel. Il avait saisi les pensées de son ami et, par ce geste, il voulait lui faire comprendre qu'il n'avait pas à s'inquiéter.

Le secret est sauf! songea Arzhel en prenant bien soin de dresser une barrière mentale infranchissable entre lui et les Fomoré. *Il ne me reste qu'à le lui extirper. Soyons calme et méthodique. Pas de précipitation, tout se passera bien!*

Chapitre 8

Ce furent les cheveux de Grannus s'amusant avec un éclat de quartz abandonné sur la grève qui tirèrent Celtina de sa rêverie. Le soleil éclatant aux premières minutes de l'aube annonçait enfin une belle journée.

La jeune prêtresse s'étira et, son regard dérivant sur les eaux du golfe, elle constata que la mer était basse. Elle devait en profiter pour tenter de gagner Govero sans trop se mouiller, et surtout sans risque excessif.

Ses sandales glissaient sur les algues visqueuses, mais elle n'hésitait pas à avancer courageusement en direction de l'île située à moins de deux millariums. Des oiseaux marins la survolaient et la saluaient en cacardant joyeusement. Celtina reconnut des oies de Sibérie qui repartaient vers l'est pour y passer l'été. Elle remarqua aussi des colverts, des cygnes, et même de très rares spatules blanches de retour des pays chauds pour construire leurs nids dans les roseaux. Le printemps semblait être revenu dans le golfe.

Chemin faisant, elle aperçut quelques perce-pierres* qui pointaient à peine des rochers et qu'elle s'empressa de récolter. Les tiges tendres et charnues des jeunes pousses gorgées de sel craquaient sous la dent. Celles-ci n'étaient pas encore arrivées à maturité, mais c'était mieux que rien pour apaiser sa faim un certain temps. Elle remplit ensuite son sac de plantes de l'année précédente. Maève leur avait appris que la cendre de tiges de perce-pierres mélangée à de la graisse de chèvre fournissait un excellent savon pour nettoyer les vêtements, les cheveux et même le corps.

Trop absorbée par sa cueillette et par l'observation de la faune et de la flore, Celtina n'avait pas vu que la mer était en train de revenir à la vitesse d'un cheval au galop. Déjà, l'eau tumultueuse contournait l'île et l'avait presque prise à revers. Insouciante, l'ado-lescente s'amusait à laisser le sable fin jouer entre ses orteils.

Soudain, elle sentit un changement sous ses pas. Le sable glissait plus finement sous ses pieds, refusant la pression, se dérobant, puis, brutalement, son corps bascula dans l'eau sans qu'elle parvienne à se retenir.

La mer l'avait encerclée alors qu'elle se croyait en sécurité dans une large cuvette de sable. L'eau monta rapidement et ses pieds glissèrent. Elle ne parvenait plus à rester debout sur le fond sablonneux. La panique s'empara d'elle. La jeune fille avait encore à l'esprit sa terrible expérience des marais. Elle se sentit arrachée à la plage et ballottée par la mer comme une vulgaire coque de noix. Elle avait de l'eau salée plein la bouche et les yeux. Ses armes, ses vêtements et son sac alourdis l'entraînaient aussi par le fond.

Surtout ne pas me débattre, songea-t-elle en avalant une longue goulée d'air tandis que les flots la renvoyaient brusquement à la surface. *Je dois me laisser porter par le courant, sans lui opposer de résistance. Je ne suis qu'à quelques coudées de Govero, les vagues m'y déposeront. Pas de panique, tout ira bien.*

La rapidité et la brutalité avec lesquelles elle avait été arrachée à son havre de sable l'inquiétaient toutefois. Que faire? Ce fut alors que ses pensées se tournèrent vers Manannân. Elle se souvint du cadeau inestimable que lui avait fait le fils de l'océan: elle pouvait appeler Morvach, le cheval de mer, en tout temps.

Cheval de mer – coursier de lumière – fier messager de Manannân – toi, le rapide étalon des mers, des fleuves et des lacs – viens me chercher, Morvach.

Celtina avait à peine fini de lancer son appel au secours qu'elle sentit l'hippocampe se glisser sous elle. Elle n'eut qu'à attraper sa longue crinière et à s'y accrocher fermement. Le fier cheval de mer ne l'avait pas laissée tomber.

Morvach nagea aussitôt en direction de Govero, comme elle le lui demandait. Mais le courant était si violent que le brave cheval de mer s'épuisait à tenter de le combattre pour sauver la jeune prêtresse. Ses nageoires battaient à toute vitesse, elles n'avaient jamais autant vibré de toute sa vie. Un instant, Celtina crut même que Morvach allait se noyer, lorsque sa belle tête blanche disparut sous les flots. Heureusement, dans un suprême effort, il la releva et ses naseaux soufflèrent une longue traînée de gouttelettes. Finalement, les poumons en feu, le cheval géant parvint à déposer sa passagère sur un promontoire de rochers déchiquetés par les marées, et lui-même s'y écroula sous forme d'écume blanche.

– Morvach, intrépide coursier... merci! lança Celtina à la mousse blanche qui s'écoulait vers la mer.

J'aurais dû me montrer plus prudente, pourtant Moritix m'avait prévenue. Le courant est si fort dans cette région que même Morvach a eu beaucoup de mal à m'amener sur la rive. S'il n'était venu à mon secours, je me serais noyée à coup sûr. Les déferlantes* sont beaucoup trop violentes.

Trempée de la tête aux pieds, Celtina décida d'attendre que ses vêtements et son sac de jute soient secs avant d'explorer l'île. Elle remarqua qu'à part l'herbe rase et la flore typique des côtes marines il n'y avait pas de végétation importante. Le vent balayait trop fort l'îlot pour permettre à des arbres d'y prendre racine. Cependant, le bon côté de la chose fut que le gwalarn assécha rapidement ses braies et sa tunique qu'elle avait déposées sur les rochers.

Après s'être rhabillée, elle se dirigea d'un pas décidé vers le cairn qui se dressait non loin de là. Ce devait être l'entrée du Tertre Douloureux. La prêtresse en fit le tour pour en évaluer la superficie. C'était un lieu imposant, mais aussi inquiétant. Elle regarda tout autour d'elle, il n'y avait pas âme qui vive. Elle constata que, pour explorer la galerie, il lui faudrait absolument une torche. Elle chercha aux alentours les pierres dont elle avait besoin pour faire du feu. Ses ancêtres, qui avaient construit ce monument mégalithique près de quatre mille ans avant sa venue au monde, devaient disposer de moyens de s'éclairer et de se chauffer. Après plusieurs minutes de recherche, Celtina dénicha une pierre de silex. Toutefois, elle savait qu'il était impossible de faire du feu avec deux silex. En effet, percutés l'un contre l'autre, deux silex ne permettent d'obtenir que de minuscules étincelles à l'endroit même où les deux pierres entrent en contact. Ce n'est pas suffisant pour provoquer le feu désiré. Pour enflammer des brindilles, il lui fallait une autre sorte de roche. Elle inspecta minutieusement plusieurs amas de cailloux et finit par y trouver ce qu'elle espérait: un nodule de pyrite*, fortement chargé en fer. Cette découverte ramena un souvenir cuisant à sa mémoire. Il y avait plusieurs années de cela, un paysan de Barlen avait déclenché un incendie ravageur dans l'un de ses champs lorsque le soc* en fer de sa charrue avait heurté un nodule de ce type. La flamme qui avait jailli avait embrasé toutes les cultures.

Celtina secoua la tête pour chasser sa nostalgie. Dorénavant, elle ne devait plus penser à Barlen; son village n'était plus que ruines et cendres.

Elle frappa le silex contre le nodule et une forte étincelle enflamma aussitôt les brindilles qu'elle avait disposées au centre d'un cercle de pierres. Le feu gagna aussitôt en vigueur, et elle y déposa du bois qui s'était échoué sur la plage de Govero depuis des lustres. Elle plongea ensuite dans le brasier une belle branche bien sèche. Avec une telle torche, sa descente sous le Tertre Douloureux ne se ferait pas dans le noir.

Puis Celtina se dirigea de nouveau vers le couloir et se glissa à l'intérieur, avançant légèrement courbée pour que sa tête ne heurte pas les lourds linteaux* formant le plafond. La lumière du jour n'éclairant que faiblement le passage, elle leva le flambeau devant elle pour mieux juger où elle mettait les pieds.

À première vue, elle évalua la longueur de la galerie à vingt-huit coudées. Celle-ci était soutenue par une vingtaine de piliers surmontés de linteaux. Le souterrain descendait légèrement. La jeune prêtresse leva sa torche et continua sa progression. Sur le troisième pilier qui s'élançait sur sa droite, elle remarqua des gravures. Elle en caressa le tracé sinueux du bout des doigts, puis poursuivit sa descente.

Ici, sous la terre, c'était le royaume du silence, mais aussi de l'humidité. Celtina rajusta sa cape pour avoir moins froid. Une odeur de terre humide envahit ses narines. Elle craignait de tomber sur une sépulture et murmurait des incantations pour, d'avance, demander pardon à ses ancêtres de troubler leur sommeil si, par malheur, elle devait mettre le pied sur un de leurs squelettes.

Elle éclaira le plafond pour en déterminer la hauteur et avança d'un pas. Erreur fatale! Elle aurait mieux fait de regarder le sol pour voir où elle mettait les pieds.

L'adolescente se sentit happée par un tourbillon d'air qui l'aspira aussitôt vers le bas. Sa torche s'éteignit. Sa descente dura fort peu de temps, un autre phénomène inexpliqué prenant le relais de la chute vertigineuse. Son corps tourna sur lui-même à grande vitesse, puis elle percuta un élément liquide.

– De l'eau! s'écria-t-elle, paniquée.

Mais, déjà, cet autre vortex* l'entraînait vers des profondeurs inconnues. Elle avait beau se débattre, ses mains essayant d'agripper quelque chose, tous ses efforts étaient vains. Les murs d'eau, lisses et tournoyants, ne lui offraient aucune prise. Elle songea à appeler Morvach, mais la crainte de voir le cheval de mer se noyer l'en empêcha. Elle ne savait que faire. Ni son père ni Maève ne lui avaient jamais parlé de ce genre de phénomènes. Elle tenta d'entrer en elle-même pour opérer une métamorphose. Si elle parvenait à se changer en poisson, elle pourrait échapper à la noyade.

Mais la peur, toujours cette peur affreuse qui paralysait son esprit, ne lui permettait pas de mettre en pratique ce qu'elle avait appris dans la Maison des Connaissances. Pourtant, Maève et les druides qui lui enseignaient autrefois à Mona lui avaient tant de fois dit et redit d'éloigner la peur, car cette émotion était à la fois une mauvaise conseillère et un frein à sa volonté. Mais, cette fois, c'était plus fort qu'elle. Celtina dut convenir qu'elle était handicapée par la crainte qui engourdissait autant ses membres que sa capacité de réflexion. Elle ne parvenait plus à prendre une décision; même si sa vie était en jeu, tout réflexe de survie était balayé.

L'adolescente sentit l'eau s'infiltrer par son nez, par sa bouche et gagner ses poumons. Elle suffoqua, son corps devint mou, ses mouvements ralentirent, puis cessèrent, ses yeux se fermèrent, sa respiration faiblit et le noir obscurcit son esprit.

C'est l'Avaleur d'âmes, se dit-elle, et ce fut sa dernière pensée consciente.

Dans le campement des Fomoré, Énogat et Arzhel, qui discutaient au coin du feu tout en dégustant cuissots de chevreuil et galettes de sarrasin, s'étouffèrent en même temps. Ils sentaient leur bouche s'emplir d'eau, sans savoir d'où provenait tout ce liquide. Les deux garçons se dévisagèrent, leur regard chargé d'effroi. Ils avaient l'impression de se noyer. Arzhel toussa pour chasser l'eau de ses narines ; le jeune Fomoré l'imita.

— Qui se noie ? demanda Énogat, l'œil hagard.

— Je cherche…, répliqua Arzhel, dont les yeux bleus virant au gris fixaient l'horizon. Vite, des herbes de divination !

Énogat se précipita dans sa hutte et en revint rapidement, les bras chargés de plantes qu'il énuméra en les laissant choir sur une saie près de son ami.

— Beliokandos*, belenountia*, banatlos*, ratis*, svibitis*… Ça devrait suffire !

Arzhel lança les herbes dans le feu les unes après les autres, tout en psalmodiant une incantation à Ecné, dieu de la Connaissance.

Énogat, le nez au-dessus du feu, respirait à pleins poumons les herbes divinatoires qui allaient, espérait-il, lui permettre d'en savoir un peu plus sur ce qui se passait. Mais le jeune druide était si anxieux qu'il avait bien du mal à se concentrer.

– Laisse-moi faire, s'écria Arzhel sur un ton brusque, en constatant que son ami ne parvenait à aucun résultat. J'ai toujours été meilleur que toi dans ce genre d'exercice. Ton odeur de Fomoré nuit au processus…

Énogat le dévisagea d'un air offensé. Qu'Arzhel lui reproche ainsi son odeur était inadmissible ; il n'aurait jamais osé proférer de telles paroles en présence de Maève. Mais, depuis leur fuite de Mona, le jeune Fomoré avait constaté que bien des choses avaient changé : même l'indéfectible amitié qui avait uni tous les élèves entre eux était en train de s'effilocher. Désormais, les plus forts traquaient les plus faibles dans l'espoir de s'approprier les vers d'or et de devenir l'Élu.

– C'est Celtina ! s'exclama alors Arzhel, tirant Énogat de ses pensées avant que l'idée même de vengeance ne vînt s'y installer.

– Celtina ! répéta le Fomoré, abasourdi et très inquiet à la fois. Où est-elle ? Que se passe-t-il ?

– Je ne sais pas… Je vois… je vois un couloir très sombre, des dessins bizarres, un tourbillon d'eau…

En prononçant ces derniers mots, Arzhel manqua s'étouffer une fois de plus, et de l'eau jaillit de sa bouche. Énogat ressentit la même chose, et cela laissa les deux garçons complètement épuisés, affalés sur le sol.

Ce furent des guerriers fomoré qui leur portèrent secours en leur faisant expulser toute l'eau accumulée dans leurs poumons. Arzhel et Énogat étaient eux aussi en train de se noyer, sans même avoir été en contact avec l'élément liquide.

– Crois-tu… que… Celtina est morte? balbutia Énogat, la gorge râpée par ses efforts pour cracher l'eau.

– J'en ai bien peur! soupira Arzhel.

En observant le regard de son compagnon, Énogat y décela une brève lueur de joie et de satisfaction, même si son visage affectait un air peiné.

Arzhel est fourbe, je dois me méfier, songea le Fomoré.

Malheureusement, les pouvoirs d'Arzhel étaient devenus plus puissants depuis que sa seconde personnalité, celle de Koad le mage de la forêt, l'habitait. La barrière mentale qu'Énogat avait dressée dans son esprit n'avait pas suffi à bloquer l'accès à ses pensées. Arzhel comprit qu'il lui faudrait faire preuve de persuasion, et peut-être aussi de violence, pour obtenir le vers d'or détenu par le jeune Fomoré.

Chapitre 9

Pendant ce temps, à Tombelaine, Bress et Érine mettaient au point leur plan d'action pour empêcher Nuada à la Main d'argent de reprendre la souveraineté sur le peuple des Thuatha Dé Danann.

– Mère, dis-moi comment retrouver mon père que je ne connais pas… demanda Bress.

– C'est facile, mon fils. Il faut partir au loin, dans un pays de brouillard et de froid qu'on appelle Tory. Je t'accompagnerai.

La mère et le fils profitèrent du fait que tous les dieux étaient réunis dans le but de célébrer le retour au pouvoir de Nuada pour se glisser sur la plage afin de voler des bateaux.

Érine retira de son doigt un anneau d'or, celui-là même qu'Élatha le Fomoré lui avait remis lors de leur première rencontre. Érine l'avait conservé soigneusement toutes ces années en prévision de ce grand jour : celui où le fils demanderait à connaître le père. Bress le passa à son doigt, et l'anneau s'y modela parfaitement. Jusque-là, personne n'avait pu porter la bague, car, même si plusieurs dieux l'avaient essayée, elle n'avait jamais convenu à aucun d'entre eux.

Bress et Érine préparèrent deux bateaux, un pour eux-mêmes et un autre rempli de tout le nécessaire pour accomplir un si long voyage. Puis ils grimpèrent dans leur coracle et se faufilèrent dans le brouillard qui gagnait Tombelaine. Personne ne remarqua leur fuite.

Ils voyagèrent plusieurs nuits et plusieurs jours sans rencontrer d'obstacles et débarquèrent enfin sur l'île du Brouillard, mieux connu sous le nom de Tory.

Rapidement, ils se dirigèrent vers la plaine où les Fomoré tenaient leurs assemblées. Et, justement, ce matin-là, plusieurs d'entre eux s'étaient réunis pour discuter de stratégie, afin de s'emparer de toute la terre de Celtie. Un guetteur intercepta Bress et sa mère et leur demanda ce qu'ils voulaient.

– Nous venons de Tombelaine et nous vous apportons des nouvelles des Celtes et des Thuatha Dé Danann, expliqua Érine.

Aussitôt, le guetteur les conduisit au cœur de l'assemblée pour qu'ils rencontrent les chefs.

La coutume voulait que les étrangers qui se mêlaient à une assemblée participent à des jeux et à des concours afin que l'on pût juger de leur valeur. Yorn, un jeune Fomoré, demanda :

— Avez-vous des chiens?

— Bien entendu, confirma Bress, et je les ferai volontiers courir contre les tiens!

Bress lâcha ses lévriers, et Yorn, les siens. Ceux de Bress firent preuve de plus de vélocité et gagnèrent les trois courses auxquelles on les fit participer. Mais, ne se tenant pas pour battu, Yorn persista à vouloir démontrer la supériorité de son clan.

— As-tu des chevaux? Consens-tu à les faire courir contre les miens?

— Bien sûr, répliqua Bress.

Et encore une fois, les chevaux élevés par les Thuatha Dé Danann remportèrent les trois courses. Mais Yorn était têtu et défia Bress à l'épée, car il ne voulait surtout pas perdre la face devant sa famille et sa tribu.

Lorsque Bress porta la main à son côté pour prendre son épée, l'anneau d'or qu'il avait au doigt brilla et attira l'attention d'un Fomoré qui s'était tenu à l'écart depuis l'arrivée des deux étrangers. Il interpella le Thuatha Dé Danann d'un ton sévère:

— Où as-tu eu cet anneau? Qui es-tu?

Reconnaissant Élatha, qui avait bien changé depuis toutes ces années, Érine répondit pour son fils:

— Élatha, voici ton fils Bress…

Et elle lui raconta sa vie, celle de son fils, mais surtout les plus récents événements, c'est-à-dire comment Bress était devenu roi des Thuatha Dé Danann pour finalement être chassé de la tribu des dieux par le retour au pouvoir de Nuada.

— La situation est grave, affirma Élatha. Peux-tu donc me dire pourquoi les Thuatha Dé Danann t'ont chassé comme un misérable ?

Bress confia alors à son père que tout était sa faute.

— Je ne me suis pas conduit dignement, avoua-t-il. J'ai fait preuve d'injustice et d'arrogance. J'ai dépouillé les Thuatha Dé Danann de leurs biens, je les ai privés de nourriture, je les ai forcés à travailler comme des esclaves et à m'obéir sans répliquer. Par ma faute, ils ont connu l'humiliation…

— Mon fils, tu t'es comporté en tyran, gronda le prince des Fomoré. Pour le prestige de ton nom, tu aurais dû assurer la prospérité de ton peuple. Car un peuple riche fait de son roi un homme riche.

— Mais ce n'est pas tout, confessa Bress. Le poète Coirpré a prononcé une malédiction contre moi et contre nos terres. Tant que je serai roi, plus rien ne poussera dans le royaume des Tribus de Dana et sur les terres qu'ils contrôlent.

— C'est fâcheux…, déclara Élatha, car si les Thuatha Dé Danann ne possèdent plus rien, nous ne pourrons plus rien leur demander non plus. Comment leur faire payer le tribut* que nous comptions leur imposer lorsque nous les aurons battus ? Pourquoi es-tu venu jusqu'ici ?

– Je suis venu te demander l'aide de tes guerriers. Je veux reprendre mon titre de roi par la force.

– Je ne peux décider seul. Tous les Fomoré présents à Tory doivent pouvoir donner leur opinion.

Élatha se tourna alors vers son propre père, Indech, l'un des chefs de guerre des Fomoré. Il confirma que tous les nobles et tous les guerriers devaient décider. La réunion dura fort longtemps, et chacun exposa son point de vue, apportant ses arguments en faveur ou contre l'envoi de renforts à Bress.

Finalement, ce fut Balor à l'Œil mauvais qui trancha en faisant valoir son avis :

– À moins que Bress ne reprenne le pouvoir, nous allons perdre tous les avantages que nous avions déjà gagnés en l'absence des Thuatha Dé Danann sur les terres de Celtie. Il faut donc que le fils d'Élatha redevienne roi et nous promette de se soumettre à nos volontés.

Bress jura de se plier à ces conditions. Alors, les Fomoré levèrent une grande armée, préparèrent leurs armes et leurs navires, et prirent la mer.

– Nous enverrons des émissaires à Nuada à la Main d'argent pour lui demander de se soumettre. S'il refuse, nous lui déclarerons la guerre, déclara le roi Téthra en brandissant son plus beau bouclier d'argent.

Bien entendu, la disparition de Bress et d'Érine avait été découverte rapidement à Tombelaine. En conséquence, tous les dieux présents sur l'îlot avaient décidé de retourner à Ériu, car ils se doutaient bien que le fils d'Élatha les trahirait et profiterait de leur absence dans leur capitale pour prendre possession de l'île Verte. Ils devaient être prêts à recevoir ce renégat et les troupes fomoré quand ils passeraient à l'action. Les Fomoré étaient réputés pour leur cruauté; c'étaient des ennemis impitoyables qu'il ne fallait surtout pas prendre à la légère.

Tandis que les Thuatha Dé Danann s'étaient réunis pour discuter des dispositions à prendre pour leur défense, une sentinelle qui surveillait les alentours de Tara vit une troupe qui traversait la plaine et se dirigeait tout droit vers la citadelle. L'un des cavaliers dirigeait le groupe avec autorité. Son visage avait l'éclat du soleil, et sa chevelure brillait comme l'or le plus pur. La crinière de son cheval ondulait comme la vague de la mer. Le cavalier portait des vêtements étincelants, un casque luxueux bordé de pierres précieuses, et brandissait une épée merveilleuse. Quiconque était ébloui par cette épée au cours d'un combat devenait aussitôt aussi faible qu'un nouveau-né.

Le cavalier se détacha de sa troupe et vint se placer devant la sentinelle qui l'interrogea :

– Qui es-tu ?

– On m'appelle Lug, fils de Cian, petit-fils de Diancecht et d'Ethné, elle-même fille de Balor à l'Œil mauvais. J'ai été élevé par Tailtiu, fille de Magmor, des Fir-Bolg.

– Que désires-tu, fils de Cian ? demanda le guetteur.

– Je veux participer à l'assemblée des nobles et des héros des Thuatha Dé Danann…

– Ah oui ! fit le guetteur en ricanant, et à quel titre ? Personne ne peut être admis dans la forteresse de Tara s'il ne peut prouver sa valeur.

– Eh bien, je sais construire des maisons de bois, édifier des palissades autour des forteresses et même bâtir de solides bateaux affirma Lug.

– C'est un très beau métier, mais nous avons déjà un charpentier. Il s'agit de Luchta et nous sommes très satisfaits de son travail.

– Je peux également forger des socs de charrues et des armes aux pointes acérées. Je sais battre le métal dans la forge et façonner toutes sortes d'objets.

– Nous avons déjà un forgeron. Il s'appelle Goibniu et il n'y a pas plus habile que lui dans l'art du métal.

– Je suis un maître à l'épée, et personne ne peut me battre au combat, continua Lug en désignant son arme merveilleuse.

– Grand bien te fasse, mais nous avons de nombreux champions qui n'ont jamais été battus…

– Je suis aussi musicien. Je peux jouer les airs de la joie, de la tristesse et du sommeil sur une harpe…

– Ah! s'exclama le garde en riant. Jamais tu ne parviendras à surpasser notre harpiste Craftiné. Et sache que Dagda possède une harpe magique qui peut jouer toute seule. Nous n'avons donc pas besoin d'un musicien de plus.

– C'est bien, reconnut Lug, mais sache que je suis aussi poète et historien. Je connais toutes les histoires du passé et je peux les raconter sans reprendre mon souffle.

– Coirpré, notre poète et satiriste, connaît tous les événements du monde depuis sa création, et il a un don formidable pour les raconter. Nous n'avons pas besoin de toi.

– Je suis également sorcier, insista Lug. Je connais les incantations pour empêcher les sources de couler. Je connais les sortilèges pour lever des tempêtes et répandre le brouillard sur les ennemis.

— Morrigane, Nemain et Banba ont ce pouvoir sur la neige, la pluie, le vent, le brouillard, la mer et la terre, et elles peuvent chanter des incantations au cours des combats. Va-t'en! ordonna le guetteur.

— Attends! fit Lug. Je suis aussi médecin, je connais le secret des plantes et je peux guérir toutes les blessures, celles du corps et celles de l'âme.

— Diancecht est notre médecin, ses enfants Octriuil et Airmed le sont aussi et plus aucune plante n'a de secret pour eux.

— Je suis échanson. Je sais fabriquer la bière et l'hydromel et les distribuer en fonction de la valeur de chacun au cours d'un banquet.

— Non. Nous avons déjà un échanson qui s'appelle Ceraint. Il est toujours juste dans sa distribution, et ses boissons sont les meilleures jamais fabriquées. Ainsi, tu le vois, nous avons des dieux et des déesses qui connaissent tous les arts et la science, nous n'avons pas besoin de toi.

Le portier allait lui refermer la porte de la palissade au nez lorsque Lug fit une dernière tentative:

— Va trouver le roi Nuada et demande-lui s'il connaît un seul dieu qui puisse être aussi doué que moi dans tous les arts et toutes les sciences que je viens de t'énumérer. S'il en trouve un seul, alors je partirai.

Le portier alla trouver Nuada à la Main d'argent et lui expliqua la tentative de Lug pour s'introduire dans la forteresse de Tara :

– Lug, fils de Cian, est à la porte. Il se dit expert dans tous les arts. Je n'ai jamais entendu rien de pareil. Ce Lug sait tout faire. C'est un multiple artisan. Il a toutes les capacités de tous les dieux, fit le guerrier sur un ton très admirateur.

– Va chercher mon jeu de fidchell et défie-le, proposa Nuada. Seuls les meilleurs peuvent rivaliser avec le roi.

Lug ne tarda pas à remporter la partie, de sorte que Nuada n'eut d'autre choix que de l'accepter dans la maison royale. Le jeune homme put s'avancer au milieu des nobles et des héros où on lui offrit de s'asseoir sur le Siège des Sages, puisque, effectivement, il méritait cet honneur.

Mais Ogme, le dieu de l'Éloquence voulait tester une fois encore le jeune Lug. Il sortit donc de la forteresse et se dirigea vers sa maison. Devant, il y avait une énorme pierre qui ne pouvait être levée que par lui-même ou par quatre-vingts personnes. Jusqu'à maintenant, aucun dieu, aucun héros n'avait réussi ne serait-ce qu'à la faire bouger. Ogme vint déposer l'énorme bloc devant Lug en le défiant du regard. Le jeune dieu de la Lumière s'en empara comme s'il s'agissait d'un tout petit caillou et, sans aucun effort apparent, il le lança à l'extérieur de la forteresse avec tant d'habileté que la pierre reprit sa place devant la maison d'Ogme. Tous furent sidérés de cette prouesse.

– Que Lug joue de la harpe! ordonna finalement Dagda. Il nous faut de la musique pour nous motiver à faire cette guerre qui va bientôt nous opposer aux Fomoré.

Lug s'empara de la harpe magique de Dagda et se mit à jouer l'air du sommeil. Il joua si bien qu'il plongea l'assemblée entière dans la torpeur pendant des heures entières. Puis, pendant autant d'heures, il joua des musiques au rythme endiablé, et la joie et la gaieté s'emparèrent des dieux et des héros réunis à Tara. Il termina la journée par un refrain de tristesse, et tous connurent l'angoisse et versèrent des pleurs toute la nuit.

Le lendemain matin, Nuada dut en convenir: le jeune Lug possédait effectivement tous les talents et tous les pouvoirs. Ce que personne avant lui n'avait jamais eu.

– Il me semble que Lug pourrait nous assurer la victoire s'il conduisait nos troupes au combat, déclara Nuada. Voyons s'il a la résistance nécessaire pour tenir des nuits et des jours sans boire ni dormir, sans manger ni parler.

Il appela Lug et lui offrit de prendre place sur son siège royal, ce que le dieu de la Lumière accepta avec joie. Et, ainsi, pendant plusieurs jours et plusieurs nuits, Lug resta assis à veiller, tandis que Nuada, debout à ses côtés, surveillait ses moindres gestes pour vérifier sa résistance.

Finalement, le roi dut convenir que Lug méritait de prendre le commandement des Thuatha Dé Danann en tant que chef de guerre. Ayant consulté les druides, puis les nobles, enfin les guerriers et le peuple, Nuada confirma Lug dans ses nouvelles fonctions. La première tâche de ce dernier fut d'expliquer à Dagda, à Ogme, à Goibniu, à Luchta, à Diancecht, à Morrigane, à Coirpré, à Craftiné et aux druides ce qu'il attendait d'eux au cours de cette bataille contre les Fomoré. Tous avaient un rôle à jouer et Lug comptait sur eux et sur leurs talents respectifs pour les mener à la victoire.

CHAPITRE 10

Le corps sans vie de Celtina frappa durement la dalle de granit lorsque le vortex d'air et d'eau relâcha son emprise et qu'elle chuta sur le sol. Quelques secondes plus tard, l'esprit de la jeune fille s'écarta de son enveloppe physique et flotta à une demi-coudée au-dessus de sa dépouille.

Débarrassé de sa chair, libéré de son corps, le double vaporeux de la prêtresse se déplaça, aussi léger que l'air, entre les nombreux piliers qui soutenaient les linteaux. Une étrange lumière rougeoyante et chaude baignait désormais l'intérieur du tertre, laissant entrevoir des gravures étranges : des crosses*, des haches, des courbes et des lignes droites se combinant de mille façons différentes. Presque toutes les parois de la crypte étaient ornées de ces signes énigmatiques.

Celtina continua de descendre le couloir, passage du monde des vivants au monde des morts. Elle devait cheminer légèrement courbée, car le plafond trop bas ne lui permettait pas de se redresser. Ses ancêtres avaient conçu ce couloir de façon à forcer le visiteur à honorer les forces souterraines en l'obligeant à rester humble et penché.

Arrivée devant le neuvième pilier, elle découvrit un décor composé de trois parties superposées. À sa base se trouvait un écusson avec des lignes sinueuses qui remontaient vers le haut ; au-dessus, deux lames de hache entrelacées ; finalement, dans la partie supérieure, deux symboles en forme de serpent ainsi qu'une hache et son manche.

L'adolescente posa sa main sur les lignes et en parcourut le tracé pour en lire la puissance et la signification. Le nom de la déesse des Souterrains, Éracura, lui monta aux lèvres ; elle invoqua sa protection. Elle aperçut, près du plafond, deux autres écussons qui se poursuivaient sur le pilier suivant. De chaque côté, elle remarqua des arceaux* emboîtés les uns dans les autres et enfin, sur les bords, de petites guirlandes qui venaient agrémenter le dessin.

Poursuivant son exploration des piliers, sa main rencontra d'autres écussons, et des vagues, comme des cheveux ; de nouveau, des crosses et des haches et, finalement, des formes en V, soulignées par des anneaux, évoquant des visages et des bustes féminins. Et toujours ces longues chevelures, symbole à la fois des êtres humains et de la puissance de la mer.

Une histoire racontée par Maève lui revint aussitôt à la mémoire. « Il y a très longtemps, la hache sacrilège de l'homme profana la forêt, et les fées décidèrent de quitter ces lieux où l'on ne respectait plus leur repos. Elles s'envolèrent vers des terres vierges, où l'homme n'avait jamais mis les pieds; mais, durant la traversée vers ces régions inhabitées de l'autre côté de la mer, des poussières d'or tombèrent de la chevelure des fées, ce qui donna naissance à un ensemble d'îlots aussi nombreux que les jours de l'année...»

Celtina esquissa un petit sourire à l'évocation de ces souvenirs. Durant son enseignement, Maève narrait de nombreuses légendes qui avaient souvent un sens caché. Parfois, elle le révélait à ses élèves, mais, le plus souvent, c'était à eux de percer le mystère des mythes d'autrefois. Quand la prophétesse avait raconté cette histoire, la jeune prêtresse avait longuement cherché à en comprendre la signification, et c'est Arzhel qui avait volé à son secours en lui soufflant la réponse: les poussières d'or étaient en fait les nombreux îlots et îles du golfe de la Petite Mer. Govero en était un parfait exemple.

L'adolescente ferma les yeux, appréciant de retrouver, frais dans sa mémoire, le doux visage de Maève et celui de son ami Arzhel à la chevelure d'or. Comme ils lui manquaient, tous ses amis d'autrefois! Puis, inspirant très fort, elle revint à la réalité du moment présent et poursuivit son inspection des pierres gravées. Elle repéra des motifs représentant des colliers, signes de puissance. Et, comme toujours, ces serpents qui, tel Wyvern le dragon, avaient, depuis la nuit des temps, symbolisé les gardiens de l'Autre Monde et de ses trésors.

Maève leur avait maintes fois dit que les trésors de l'esprit étaient beaucoup plus importants que les bracelets, les torques et les plats d'or accumulés par les chefs et les rois. Celtina comprit qu'il était important pour elle d'en découvrir le sens par la lecture des signes inscrits sur les parois.

Elle en était sûre maintenant, ce tertre n'était pas un tombeau. La mort n'y était pas présentée comme une défaite, mais comme la possibilité d'accéder à un autre état. Ces lignes qui parcouraient la pierre et qui l'animaient de forces invisibles défiaient le temps et l'espace, et recélaient un sens caché qu'elle devait trouver afin de poursuivre sa quête.

Celtina continua sa descente, s'arrêtant à chaque pilier pour lire les informations qui y étaient inscrites. Crosses, haches, serpents, chevelures, anneaux et colliers constituaient assurément un code secret. Tous ces signes racontaient une histoire qu'elle devait interpréter.

Elle arriva finalement devant une immense chambre formée d'une cinquantaine de dalles juxtaposées, toutes fabuleusement décorées. La pierre de seuil, à l'entrée de la chambre, était piquetée de larges trous noirs à différents endroits, traçant une ligne que la jeune prêtresse n'osa pas franchir.

Elle avait la certitude d'être parvenue à un sanctuaire magique. Si elle savait faire appel aux puissances de l'ombre, alors tout serait possible pour elle. Ces puissances n'étaient pas maléfiques; elle les sentait monter le long des murs et la charger d'une énergie peu commune. En elle s'insinuait le cri de la vie, et son âme ressentait toute la force du don de la déesse mère. Elle ferma les yeux et, soudain, elle vit... Elle vit la naissance du monde.

Pendant de longues minutes, elle se laissa envahir par la puissante évocation du Commencement. Celtina était consciente que peu d'êtres humains avaient pu recevoir un tel présent de la part des dieux. Pour la première fois depuis sa fuite de Mona, elle accepta vraiment d'être l'Élue, avec tous les privilèges mais aussi toutes les obligations que cela impliquait.

Le secret qui lui était ainsi livré l'incita à franchir enfin le dernier pas qui la séparait de la chambre principale du tertre. Et là, dans un coin, brillant dans le noir, elle découvrit Wyvern, le serpent ailé, recroquevillé sur lui-même, qui la fixait de ses yeux de braise.

Le monstre se redressa sur sa queue et projeta sa longue langue rouge empoisonnée dans sa direction, mais Celtina ne recula pas d'un pas. Son corps mortel reposait un peu plus loin, dans le couloir, à l'abri. Son être immatériel n'était pas sensible au venin de la bête. Au contraire, elle avança hardiment et défia la créature en plantant ses iris céladon dans les yeux incandescents.

Wyvern fut incommodé par la puissance du regard de la jeune fille. À ce jour, une seule personne avait réussi à déjouer le piège de l'Avaleur d'âmes pour pénétrer dans le couloir sous le Tertre Douloureux. Cela faisait si longtemps que Wyvern en avait presque effacé le souvenir de sa mémoire. Mais personne n'avait eu l'audace de franchir le seuil de la chambre; seul le détenteur du secret de la naissance du monde pouvait passer la ligne invisible sans danger.

Le serpent ailé détailla le double de l'adolescente qui se tenait devant lui. Il savait ce qu'elle était venue chercher si loin sous la terre.

— Pour obtenir l'escarboucle, tu dois me fournir des réponses justes, déclara Wyvern en détachant le grenat de son front pour le déposer avec précaution entre ses deux pattes griffues.

— Je suis prête, affirma Celtina. Pose tes questions.

— Tu dois d'abord me raconter la naissance du monde. Tu en as lu le récit sur les parois gravées, mais as-tu su interpréter les signes?

La poitrine de Celtina se souleva dans une longue inspiration; elle était prête à répondre au serpent ailé, mais il lui lança une mise en garde:

– Ne te trompe pas! À la moindre erreur, ton parcours s'arrêtera ici. Ton enveloppe charnelle, qui repose dans la galerie, ne pourra plus respirer la moindre goulée d'air pour te rendre la vie. Si tu te sens incapable d'affronter cette épreuve, retourne sur tes pas. L'Avaleur d'âmes te fera remonter à la lumière du jour, et tu oublieras tout ce que tu as vu et compris ici. Tu ne subiras aucune représailles…

– Je suis prête! répéta Celtina d'un ton ferme et convaincu.

Puis elle commença son récit:

– Au commencement, ce monde n'était que non-existence, puis, un jour, il exista et se développa, et il devint un œuf. Après des nuits et des jours d'attente, l'œuf s'ouvrit enfin: la moitié de la coquille devint d'argent; l'autre moitié, d'or. Ce qui était d'argent devint la terre; ce qui était d'or forma le ciel. La membrane externe de la coquille devint les montagnes; la membrane interne forma les nuages et le brouillard. Les veines de l'embryon au sein de l'œuf se transformèrent en rivières, et le fluide dans lequel baignait le germe créa l'océan qui, au début, recouvra tout. Il fallut de longues années avant que l'eau ne se retire et que, des profondeurs, n'émergent Cessair, la déesse des Commencements, ses cinquante compagnes et ses trois compagnons. Tous se mirent au travail afin de rendre cette terre fertile, et ce fut ainsi que naquit le monde.

De la gorge de Wyvern monta un grognement rauque, mais Celtina ne broncha pas. Le serpent ailé ne pouvait pas l'attaquer, car elle savait que son récit était juste du premier au dernier mot. Elle avait su lire les tracés magiques dans la pierre et surtout en reconstituer le récit.

– Ma deuxième question est à propos de l'oursin* fossile, l'un des plus forts symboles druidiques. Que peux-tu m'en dire? poursuivit finalement Wyvern.

– L'oursin fossile, que l'on appelle parfois l'«œuf de serpent», représente l'œuf de la naissance du monde. Il est le symbole de la puissance de la déesse. Afin que l'on se souvienne de sa symbolique, et pour que le secret ne tombe pas entre les mains des non-initiés, par exemple les Romains, les druides nous enseignent à raconter que cet œuf est projeté en l'air par les sifflements des reptiles et qu'il faut le recevoir dans une saie avant qu'il ne touche la terre. On reconnaît cet œuf à ce qu'il flotte contre le courant.

– Tu connais les images pour raconter la naissance du monde, reconnut Wyvern, mais en as-tu compris la véritable signification?

– L'œuf symbolise l'embryon qui flotte dans le fluide de la vie, répliqua aussitôt Celtina. Cessair, la déesse mère, nous a donné la vie. Le premier être humain sur cette terre était donc une femme.

Wyvern ne dit rien. Il semblait atterré. Celtina se mordilla les lèvres, s'était-elle trompée? Avait-elle dit une bêtise, un non-sens? Pourtant, elle était convaincue d'avoir raison. Chez les Thuatha Dé Danann, si le roi mythique était Dagda, c'était bien la déesse Dana qui avait donné son nom aux dieux, puisque le nom était transmis par les femmes et non par les hommes, autant chez les dieux que chez les Celtes. Dana n'était pas simplement une déesse; c'était surtout une femme et une mère forte, douée du pouvoir de donner la Vie, et ce, aux dieux comme aux hommes.

Le serpent ailé se déplaça légèrement, poussa l'escarboucle devant lui en direction de la jeune fille. Celtina hésita. Le grenat était à portée de sa main. Wyvern ne pouvait rien faire à son double immatériel, mais elle craignait quand même un sale tour.

– N'aie pas peur, la rassura la créature. La pierre est à toi. Je te demande seulement de me rapporter l'oursin fossile qui se trouve sur le seuil de cette chambre.

Celtina eut un air étonné, mais se dirigea néanmoins vers le seuil pour y ramasser l'œuf de serpent. Puis elle le déposa sur le sol, près du grenat qu'elle prit délicatement dans ses mains.

– Tu l'as compris, je crois, jeune fille, le véritable trésor n'est pas la pierre précieuse que tu tiens entre tes mains, expliqua Wyvern, mais plutôt cet oursin fossile qui représente l'œuf à l'origine de la naissance du monde. Tu dois me promettre de ne jamais révéler ce secret à qui que ce soit. Il ne doit pas tomber entre toutes les mains, car il ne peut pas être compris par n'importe qui. Il faut faire une certaine démarche spirituelle pour toucher au but ultime…

– Je garderai le secret, Wyvern, ne t'inquiète pas ! répondit Celtina.

– C'est bien. Maintenant, retourne sur tes pas. Quand tu arriveras près de ton corps, mon fidèle serviteur, l'Avaleur d'âmes, se chargera de te happer pour te recracher à la surface de l'île. Tu ne souffriras d'aucune séquelle physique de ton voyage dans le Tertre Douloureux, seules tes connaissances et ton esprit auront changé. Cela te permettra d'affronter de nouveaux défis et de poursuivre ta route, Élue !

Celtina suivit les recommandations de Wyvern. En quelques secondes, elle se retrouva brusquement accroupie devant l'entrée du Tertre Douloureux, tandis que Grannus bordait ses rayons sous l'horizon. Elle n'avait eu aucune connaissance du moment où elle avait réintégré son enveloppe physique, ni de la remontée dans le tourbillon d'air et d'eau. Elle était épuisée et avait un violent mal de tête, mais ne souffrait d'aucun autre symptôme consécutif à sa mort et à son retour à la vie après ce voyage dans un des lieux les plus secrets de l'Autre Monde.

L'adolescente ouvrit enfin la main restée jusque-là crispée sur la fabuleuse escarboucle, celle qui devait absolument retrouver sa place sur l'épée de Lumière pour que Nuada puisse voler au secours des Celtes.

Chapitre 11

Dans le campement des Fomoré, le désespoir régnait. Arzhel et Énogat avaient sombré dans un profond coma à la suite de leur étrange noyade, et aucun druide, aucun dieu, aucun médecin n'était parvenu à les réanimer. Leur état resta ainsi stationnaire tout l'après-midi, puis, peu à peu, au moment où Grannus s'inclinait devant Sirona qui prenait place sous la voûte étoilée, les souffles d'Arzhel et d'Énogat filtrèrent de nouveau entre leurs lèvres bleuies.

Un peu partout, sur les terres de Celtie, d'autres apprentis druides de Mona avaient vécu la même expérience terrifiante. Les élèves de Maève étaient liés entre eux par beaucoup plus de choses qu'ils ne pouvaient l'imaginer. Maève elle-même, qui, depuis la fuite de Mona, vivait à Senos, avait ressenti la mort de Celtina, sans pour autant s'en inquiéter. Depuis bien longtemps déjà, la grande prêtresse connaissait le fabuleux destin qui attendait son élève. Le retour à la vie de l'adolescente était le symbole de sa réussite ; elle avait franchi avec succès l'un des obstacles imposés à l'Élue par les dieux. Même si elle n'avait jamais douté de la jeune prêtresse, Maève était néanmoins soulagée de constater que celle-ci s'en était tirée sans dommage.

Arzhel renifla en ouvrant les yeux. Une odeur infecte lui montait aux narines et le fit grimacer. Il était allongé sur des peaux de bêtes, mais ce qui le faisait réagir ainsi, c'étaient les effluves qui se dégageaient du corps visqueux d'Énogat. En effet, pendant toute son expérience de mort virtuelle, le jeune Fomoré n'avait pu s'assurer de maintenir sa métamorphose physique et il avait retrouvé certaines des caractéristiques nauséabondes de sa race de monstres des mers transmises par son père.

Ce fut en voulant se relever que le jeune druide du Clan de l'Ours se rendit compte de sa situation exacte. Il était étroitement ligoté. Ses pieds entravés ne lui permettaient pas de se mettre debout et ses mains liées ne lui offraient aucune possibilité d'appui.

– Qu'est-ce qui se passe? demanda-t-il à son compagnon sur un ton plus étonné qu'inquiet.

Énogat se releva, surpris de constater qu'Arzhel était privé de liberté. Mais il fut encore plus stupéfait en voyant son père et d'autres guerriers fomoré qui, armés jusqu'aux dents, surveillaient son ami d'un œil mauvais.

– Qu'est-ce qui se passe? demanda à son tour Énogat à Irold.

– C'est un mauvais présage ! répliqua Irold d'un ton sec. Il t'a entraîné aux portes de la mort, et sa magie est néfaste. Il faut l'empêcher de nuire.

– Mais non, père… c'est à cause de Celtina, c'est elle…

Énogat peinait à trouver les mots pour expliquer à son père et aux autres Fomoré comment cette noyade n'était, en fait, qu'un rite initiatique et qu'il n'avait jamais été réellement en danger. L'esprit borné de sa race n'était pas un terrain propice à l'élaboration de telles pensées. S'il s'interposait entre son père et son ami, Énogat risquait de subir le même sort qu'Arzhel, pour cause de trahison. Son seul espoir de sauver le jeune druide résidait dans les méthodes de métamorphose qu'il avait apprises à Mona.

– Qu'on l'emmène dans le Champ des Adorations, ordonna Irold.

Un Fomoré souleva Arzhel du sol comme s'il n'était qu'une plume d'eider, puis le jeta sur son épaule pour l'emmener dans un lieu où les Fomoré avaient l'habitude de procéder à leurs rituels de sacrifice.

Sans ménagement, le jeune druide du Clan de l'Ours fut jeté sur des fagots de bois disposés pour l'immolation par le feu. Toute la bande de Fomoré se rassembla autour du bûcher, empêchant toute tentative de fuite du prisonnier et, surtout, toute tentative d'aide de la part d'Énogat.

Heureusement, Arzhel avait complètement retrouvé ses sens et ses pouvoirs. De plus, son instinct de survie bien aiguisé le poussait à réfléchir à toute vitesse afin de trouver une solution pour le tirer de ce mauvais pas.

Lorsqu'il vit deux guerriers s'activer à faire du feu en frottant des morceaux de bois, le jeune homme prit promptement sa décision. Un grand pli de concentration barra aussitôt son front, pendant que ses immenses yeux bleus fixaient les baguettes qui tournaient entre les mains des guerriers. Il réussit à intégrer la matière vivante du bois et à y faire pénétrer un surcroît d'humidité, la rendant, par le fait même, parfaitement impropre à s'enflammer. Après de nombreuses tentatives, les guerriers abandonnèrent et jetèrent les morceaux de bois en affirmant qu'ils étaient beaucoup trop verts et tendres en cette période de l'année.

Un autre Fomoré tira un silex et un nodule de pyrite d'un petit sac qui pendait à sa ceinture et les percuta l'un contre l'autre. Une étincelle jaillit, mais trop petite pour allumer les herbes sèches disposées sur le bûcher. Arzhel se dépêcha de propulser son esprit des morceaux de bois vers l'intérieur du silex. S'emparant des molécules qui composaient la pierre, il parvint à les affaiblir. Lorsque le Fomoré fit une nouvelle fois claquer son silex contre le nodule, la pierre vola en éclats, lui entaillant la main et lui arrachant un terrible cri de douleur qui sema la panique parmi une bande de corbeaux perchés sur les silhouettes calcinées de quelques arbres des alentours.

Comme toutes les tentatives pour faire du feu sur place semblaient vouées à l'échec, Irold envoya un homme prélever un tison dans le feu qui illuminait le campement.

Le père d'Énogat présenta ensuite le tison aux quatre directions, selon la coutume, avant de le déposer sur les herbes sèches qui s'enflammèrent aussitôt. Arzhel commença rapidement à sentir la chaleur qui gagnait son lit de fagots. Sans laisser la crainte ni le doute l'envahir, le jeune druide fit appel à toute sa science et psalmodia une incantation au vent. Il réussit à le faire suffisamment lever pour que la fumée dégagée par le brasier retombe sur les Fomoré qui dansaient autour de lui, s'assurant de créer ainsi un écran protecteur autour du bûcher. Puis, sans perdre un instant, il convoqua la pluie. Pour commencer, quelques gouttes éparses tombèrent sur les célébrants du sacrifice, mais, très vite, la bruine devint tempête et noya le bûcher sous des trombes d'eau.

En dignes enfants de la mer, les Fomoré apprécièrent ce soudain déluge, se mettant à danser avec encore plus d'entrain, à jouer, à se pousser dans les flaques d'eau qui se formaient dans le champ. Ces têtes de linotte en oublièrent leur prisonnier. Heureusement, Énogat n'avait rien perdu des efforts d'Arzhel et, dès qu'il constata que les hommes de son clan avaient l'esprit entièrement détourné de leur tâche par l'eau du ciel, il se précipita sur le bûcher pour couper les liens qui retenaient captif son ami.

Mais Irold non plus ne s'était pas laissé distraire et avait surveillé de près les agissements du jeune Celte et de son propre fils. Aussitôt qu'Arzhel se leva de son lit de branchage pour prendre ses jambes à son cou, le chef de guerre se jeta sur lui. Le Fomoré était puissant et avait des mains larges et très fortes. Il attrapa Arzhel à la gorge et se mit à serrer au point de l'étouffer. Le jeune druide était au bord de l'évanouissement, mais son esprit était encore assez alerte pour lui permettre de transformer son corps en barre d'airain*. Dès lors, Irold ne trouva plus sous ses doigts qu'un gros poteau de métal impossible à tordre. Mais le redoutable sacrificateur ne se laissa pas démonter pour autant. Il entreprit de frapper le morceau d'airain à coups de hache. Au moment où il levait son arme, Arzhel opéra une nouvelle transformation et devint un énorme ours aux griffes acérées et aux dents en lames de rasoir. Le souffle de l'animal projeta le Fomoré vers l'arrière comme s'il avait été poussé par une force puissante et incontrôlable. Fou de rage, l'ours chargea Irold qui eut juste le temps de s'écarter de ses pattes furieuses. La panique s'empara des guerriers qui s'enfuirent sans demander leur reste. Même Énogat, qui connaissait la puissance de la métamorphose druidique, prit peur devant cette force redoutable et détala à toutes jambes, craignant que son ami ne pût contrôler la furie qu'il avait déchaînée.

Énogat s'était précipité sur les pas de son père et avait rejoint le campement fomoré où chacun s'affairait à ramasser ses effets pour fuir le plus loin possible de ce monstrueux plantigrade avant qu'il ne se décide à fondre sur le bivouac*.

Irold n'avait pourtant pas dit son dernier mot. Lorsque son fils, qu'il considérait maintenant comme un traître, arriva dans la hutte familiale, il jeta sa nasse sur lui et le ficela très serré. Énogat se débattait et hurlait. Mais peine perdue, personne n'aurait osé défier Irold pour l'aider. Le chef de guerre traîna Énogat vers la rivière toute proche, puis, invoquant les quatre directions, il lança son enfant au plus profond de l'eau vive, dans un tourbillon d'écume qui l'engloutit aussitôt.

De loin, Arzhel avait suivi le père et son fardeau, et vit s'appliquer dans toute son horreur la punition qu'Irold avait réservée à Énogat. *Le vers d'or, je dois récupérer le secret*, se dit-il en sautant dans l'eau pour tenter de repêcher l'apprenti druide fomoré. En tant qu'ours, il était à la fois bon nageur et bon pêcheur, et ne craignait pas le tumulte du torrent.

D'un fulgurant coup de patte, Arzhel tira vers la surface la nasse dans laquelle Énogat se débattait. Il passa ses griffes entre deux mailles et se mit à tirer. Elles cédèrent rapidement. Il allait poursuivre sa tâche lorsqu'une idée terrible germa dans son esprit. Les traits de caractère de Koad le mage ne s'étaient pas effacés de sa personnalité et le poussaient à envisager les pires crimes pour parvenir à ses fins.

Debout sur un rocher, le jeune druide du Clan de l'Ours mima la faiblesse, fit semblant de glisser, puis, dans un effort suprême, sembla-t-il, réintégra sa forme humaine. Il avait l'air exténué.

– Énogat, tu vois, je suis tellement épuisé que je n'arrive même plus à maintenir ma métamorphose, fit-il d'une voix faible. Je n'arriverai pas à déchirer les mailles de ta nasse… Tu dois essayer à ton tour !

– C'est impossible, Arzhel… je mobilise toutes mes forces pour ne pas me noyer. Aide-moi, aide-moi !

En se débattant, le jeune Fomoré s'était éloigné au fil de l'eau et coulait de nouveau. Arzhel plongea et le récupéra une deuxième fois.

– Je ne peux rien faire de plus, Énogat. Tu ne dois pas couler et emporter le secret des druides avec toi. Vite, il n'y a plus un instant à perdre, confie-moi ton vers d'or…

– Aide-moi! hurla encore le jeune Fomoré.

– Si tu emportes le vers d'or dans l'Autre Monde, nous ne pourrons jamais restaurer la Terre des Promesses, lui lança Arzhel. Vite, dis-moi ton secret!

– Aide-moi… ou… ou je ne te dirai rien! menaça Énogat dans un sursaut de lucidité, tandis que sa tête s'enfonçait sous l'eau.

Une fois encore, Arzhel le ramena à la surface et lui dit d'un ton qui se voulait rassurant:

– Bien entendu, je vais t'aider. Penses-tu réellement que je te laisserais couler? Mais, pour l'instant, je suis trop faible. Mes récentes métamorphoses pour échapper à l'immolation par le feu m'ont laissé sans force. Dis-moi le vers d'or, au cas où mes manœuvres de sauvetage échoueraient. Je ne peux te garantir de te sauver, tu le sais bien!

– Tu n'es pas l'Élu, Arzhel du Clan de l'Ours, gronda Énogat. Je suis convaincu que ce n'est pas toi. Si tu étais l'Élu, tu réussirais à me sortir de là… tout de suite!

Puis, respirant à pleins poumons, le jeune druide fomoré monopolisa ses dernières forces pour se transformer en poisson. Ainsi, il était assuré de survivre dans l'eau glacée jusqu'à ce que lui apparaisse une solution pour se sortir lui-même de la nasse.

– Je te promets de te sortir de l'eau, si tu me donnes le vers d'or, reprit Arzhel. Tu peux attendre plus longtemps sous ta forme de poisson, le temps que je récupère mes propres forces.

– D'accord. Mais ne renie pas ta parole, Arzhel du Clan de l'Ours, menaça encore Énogat. Mon vers d'or est celui-ci: «L'être humain possède trois privilèges: il peut discerner le Bien du Mal, il a la Liberté de choisir et il a la Responsabilité de ses actes. Ces trois pouvoirs sont indispensables pour obtenir le Bonheur.»

Arzhel se répéta la phrase pour être sûr de ne pas l'oublier. Puis, d'un geste brusque, il repoussa la nasse vers le centre de la rivière. Énogat hurlait à pleins poumons, mais le jeune druide n'avait que faire des cris de l'adolescent fomoré.

– Tu resteras prisonnier de ta nasse jusqu'à ce que mort s'ensuive, murmura Arzhel pour lui-même, et que cela ait force de malédiction!

– Tu n'es pas l'Élu! parvint à crier Énogat, tandis que la nasse s'éloignait dans le courant. Tu n'atteindras pas la Terre des Promesses… Jamais.

– Je n'ai rien à faire de la Terre des Promesses, cracha Arzhel. Le pouvoir des druides est à moi. Lorsque je disposerai de tous les vers d'or, personne ne pourra me le contester. Je serai à la fois roi des Celtes et archidruide, l'Ours et le Sanglier. L'être le plus puissant sur terre, l'égal des dieux.

Puis il jeta un dernier regard derrière lui, en direction de la nasse qui emmenait son ancien ami vers son destin. Un rayon de soleil éclaira le filet et frappa la bague du jeune Fomoré qui était devenue un anneau pincé dans la nageoire droite du poisson. La nacre de perle, symbole de la mer, retournait dans la profondeur des eaux. La nasse et son prisonnier coulèrent à pic. Arzhel s'éloigna en répétant le vers d'or qu'il avait soutiré à Énogat.

Chapitre 12

De l'autre côté des montagnes des Allobroges

Lorsque le messager arriva sur son cheval fourbu et au bord de l'asphyxie au portail bordé de cyprès de la villa toscane, Titus Ninus Virius eut un pressentiment. Depuis des mois, il était sans nouvelles d'Aulus, son fils unique. Le soldat avait commencé sa carrière militaire en garnison à Ostie, située à une quinzaine de millariums de Rome, mais avait été rapidement envoyé à bord d'un quinquérème* pour donner la chasse aux nombreux pirates ciliciens qui pullulaient en Méditerranée et qui menaçaient le ravitaillement de la cité-État.

– Ave ! Titus Ninus Virius, lança le messager en descendant de sa monture.

– Ave ! Caïus Matius Carantus, répondit le propriétaire de la villa en reconnaissant le meilleur ami de son fils. Sois le bienvenu dans ma modeste demeure. Viens, viens, nous allons discuter dans le jardin, à l'ombre des glycines.

Une fois qu'ils furent installés dans la cour abritée du soleil, le maître de maison tapa dans ses mains pour faire venir une esclave. Ce fut Banshee qui répondit à son appel.

– Apporte-nous du vin, du pain, des olives et du fromage, femme, ordonna Titus Ninus Virius, toujours aussi mal à l'aise avec cette étrange Celte aux cheveux rouges et aux yeux étonnamment verts.

Puis, après avoir échangé les considérations d'usage sur leurs santés respectives, les deux hommes se dévisagèrent un instant en silence, avant que Caïus Matius Carantus ne se décide à donner enfin la raison de sa visite.

– Je suis porteur d'une très mauvaise nouvelle, Titus Ninus Virius, déclara-t-il sans tourner autour du pot.

– Mon fils! s'exclama le propriétaire terrien. Il est arrivé quelque chose à Aulus.

Un peu en retrait, cachée derrière un mur, Banshee prêtait l'oreille à la conversation.

– Il n'est ni blessé ni mort, rassure-toi, continua le messager. Il est… il est retenu en otage par des pirates ciliciens, avec plusieurs autres patriciens*.

– Raconte-moi. Que s'est-il passé? le pressa Titus Ninus Virius, anxieux.

– Tu sais que nous avons besoin de contrôler les mers pour que les cargaisons de marchandises venues de tout l'Empire et surtout d'Égypte puissent nous parvenir sans encombre. Aulus a été envoyé à Otrante, le port de l'Adriatique qui contrôle l'entrée de la mer Ionienne et, par le fait même, la navigation dans la Méditerranée. Malheureusement, les pirates sont nombreux à nous contester la suprématie sur ces vastes océans.

– Nous n'avons jamais accordé beaucoup d'importance à la marine, soupira Titus Ninus Virius, et voilà le résultat de notre négligence des dernières décennies.

– Ne sois pas aussi sarcastique. Nous avons maintenant de très bonnes galères, et nos béliers de bronze disposés sous l'étrave* de nos navires sont redoutables. Nous avons même embarqué des catapultes et des ballistas* de grande puissance pour projeter des pierres et des flèches enflammées. Et tous nos bateaux sont dotés d'un système très ingénieux, le corvus, qui est une sorte de passerelle d'abordage articulée, fixée à la proue. Quand le corvus s'abat sur le bateau de nos adversaires, nos soldats n'ont plus qu'à déferler sur le pont ennemi, en formation serrée, protégés par leurs boucliers.

– Si nous sommes si bien armés, comment se fait-il que mon fils ait été fait prisonnier? ragea encore le maître de maison.

– Nous avons cent vingt soldats par bateau et environ trois cents rameurs, des esclaves. Malheureusement...

– Oui?...

– Eh bien, la plupart des esclaves qui étaient à bord du quinquérème de ton fils étaient des Ciliciens! Quand ils ont constaté que les assaillants étaient originaires de leur patrie, ils ont laissé les soldats monter à l'abordage, puis les ont attaqués à revers.

Un sourire se dessina sur le visage de Banshee. Elle n'était pas mécontente que son maître connaisse aussi les douleurs de l'esclavage, même de façon interposée, par son fils.

– Les esclaves ne sont-ils pas enchaînés à leurs rames? s'écria Titus Ninus Virius.

– Euh… Aulus les avait fait détacher depuis une heure ou deux lorsque nous avons été surpris par les pirates.

– Aulus… Aulus…, soupira le père. Tu es trop doux, mon fils, trop doux pour être un soldat. Et que demandent ces pirates pour sa libération?

– Environ deux cents talents* d'or… Bien plus que ce que valent nos soldats.

– Mais c'est plus que ce qu'ils avaient demandé pour César lui-même il y a quelques années!

– Aucune famille n'a les moyens de payer le montant exorbitant qu'ils exigent, laissa tomber Caïus Matius Carantus sur un ton découragé.

– Et j'imagine que Rome ne versera pas un sou non plus pour la libération de ses vaillants combattants!

– Tu sais comme moi comment César traite les pirates.

– Repose-toi, installe-toi à ton aise, tu sais que tu es ici comme mon fils, Caïus Matius

Carantus. Je dois me retirer dans mes apparte-
ments pour réfléchir à ce que je vais faire pour
obtenir la libération de mon enfant.

Banshee, qui s'était promptement éloignée
en voyant son maître se lever, projeta son
esprit dans le sien. Assis à son bureau, Titus
Ninus Virius compulsait des parchemins
remplis de colonnes de chiffres.

*Si je vends mes vignes et mes oliveraies,
combien pourrais-je en tirer?* se dit-il en faisant
rapidement des additions et des soustractions.
*Ah! ce ne sera pas suffisant! Je vais aussi devoir
liquider mes écuries et mes beaux chevaux de
course.*

Penché sur ses comptes, le maître de maison continuait de faire des plans pour réunir
les talents d'or réclamés par les pirates.

*Toujours insuffisant. Il va falloir que je me
départisse aussi de mes deux gladiateurs. Quel
dommage! Ces deux Dalmates sont des forces de
la nature qui m'assurent toujours un excellent
revenu d'appoint lors des jeux du cirque, mais
comment faire autrement?*

Désespéré, Titus Ninus Virius se mit à
sangloter, sa belle tête blanche entre les mains.
Il craignait de ne plus jamais revoir son fils
unique vivant.

*Il va falloir que je vende tous mes esclaves
et la villa… De toute façon, si mon fils meurt
en détention, à quoi me servira cette propriété
que je voulais lui laisser en héritage? C'est*

*décidé, dès demain, je proposerai mon domaine
et les esclaves à notre voisin, Lucius Oppius
Bruccius.*

Banshee sursauta. Lucius Oppius Bruccius
avait mauvaise réputation dans la région. Ses
esclaves ne vivaient pas très longtemps, à
cause de tous les mauvais traitements qu'il
leur faisait subir. C'était un homme immen-
sément riche qui avait les moyens d'en
acheter d'autres au fur et à mesure des décès.
Pour lui, la vie d'un esclave valait moins que
celle de son molosse Brutus qu'il avait
entraîné pour livrer des combats contre des
gladiateurs ou d'autres animaux féroces dans
les arènes de l'Empire, ce qui lui valait
honneurs, gloire et fortune.

Pour Banshee, cette vente risquait de
sonner le glas de sa tranquillité et de celle de
son fils. Elle devait à tout prix trouver une
solution pour aider Titus Ninus Virius. La
jeune femme regagna le soubassement où elle
avait laissé son fils s'amuser sous l'œil vigilant
d'une esclave soudanaise.

Le lendemain, Banshee se leva bien avant
l'aube pour être sûre d'intercepter Titus
Ninus Virius avant qu'il ne se rende chez son
voisin pour y négocier la vente de son
domaine. Elle se posta près de l'écurie où elle

savait qu'il viendrait chercher son plus bel étalon.

Un grognement lui apprit que le maître arrivait avec son fidèle bouvier sur les talons. Banshee esquissa un sourire. L'animal, malgré sa taille et sa puissante musculature, n'était en fait qu'un bon chien de garde sans malice. Depuis leur première rencontre, elle avait su l'amadouer en se glissant dans son esprit pour lui faire comprendre qu'il n'avait rien à craindre d'elle ni de son fils.

Le cheval hennit à l'approche de son propriétaire et Banshee sortit de l'ombre. Titus Ninus Virius sursauta. *Je ne me ferai jamais à ses arrivées intempestives,* songea-t-il. *Elle a un don pour apparaître au moment où je m'y attends le moins et me surprendre.*

– Maître, déclara la mère de Celtina, sans le vouloir, j'ai surpris une partie de ta conversation avec le messager hier…

Un pli de contrariété étira les lèvres de Titus Ninus Virius.

– Ton fils est prisonnier… et ton problème est que tu n'as pas assez d'or pour payer la rançon, continua-t-elle.

– Et tu comptes m'en prêter, esclave! se moqua le maître de maison qui regretta aussitôt ses paroles blessantes.

Mais Banshee ne releva pas l'insulte, elle avait une idée derrière la tête et comptait bien la faire accepter à son maître.

— Je possède mieux que de l'or. Si tu me laisses agir, dans une semaine ou moins, ton fils sera de retour sur tes terres.

— Dans une semaine, si je n'ai pas payé la rançon, mon fils deviendra esclave. Les pirates ciliciens sont avides de butin, mais aussi de chair fraîche à vendre. Bien cachés dans les anfractuosités des côtes, ils fondent sur leurs proies comme la peste sur les cochons. Et ils sont presque assurés de rester impunis, car leurs vaisseaux ultrarapides et leurs hommes sont bien souvent réquisitionnés par nos propres armées quand nous avons besoin d'eux pour mener nos guerres.

— Donne-moi ma chance de te prouver mes dires, insista Banshee.

— Comment comptes-tu t'y prendre ? Tu es une esclave et tu n'as aucune relation avec les Celtes… À moins que… Me trahirais-tu ? demanda Titus Ninus Virius, complètement défait. Aurais-tu établi des liens avec les armées de ta patrie pour venger ta capture ?

— Tu sais très bien que je n'ai pas vu un Celte depuis des lunes, à part tes esclaves, répondit Banshee d'une voix calme. Donne-moi ma chance de te prouver ce que je te dis. Laisse-moi agir !

— Qu'est-ce que cela va te rapporter, à toi, si tu réussis ?

— Que pas un de tes esclaves ne sera vendu à ce monstre de Lucius Oppius Bruccius…, répliqua la femme celte en dardant son regard vert tout au fond de celui, plus sombre, de l'homme à la crinière de neige.

Titus Ninus Virius baissa les yeux. *Comment peut-elle être au courant de ce projet? J'y ai pensé hier soir et je n'en ai soufflé mot à personne. Aurais-je parlé pendant mes rêves? Ce doit être cela. Elle m'espionne même la nuit.*

Le propriétaire terrien prit peur. Cette femme était dotée de pouvoirs qu'il ne connaissait pas et cela le mettait dans un état d'anxiété extrême. Il n'osait plus lui dire un mot pour s'opposer à son projet. Et, en même temps, la petite voix de Minerve, déesse romaine de la Sagesse, lui recommandait de lui faire confiance. Jusqu'à maintenant, elle s'était montrée loyale et l'avait bien servi, sans renâcler ni lui jouer de mauvais tours.

– Pourquoi pas? se surprit-il à lui dire. Explique-moi ce que tu comptes faire.

– Je ne peux pas. Tu dois me faire confiance sans poser de questions… Jamais!

L'ancien légionnaire était maintenant sûr que Banshee détenait des pouvoirs magiques comme ceux de ces Celtes qu'il avait combattus plusieurs dizaines d'années auparavant près du limes* germanique. Faisait-elle partie de ces druides qui parcouraient les forêts de la Gaule, des Alpes jusqu'à la mer de Bretagne, et

161

qui haranguaient les peuples celtiques pour les inciter au combat?

– Comment être sûr que tu as réussi?

– Envoie un cavalier à Otrante. Lorsqu'il verra ton fils revenir sain et sauf, qu'il vienne sans faiblir t'avertir de ma réussite, suggéra Banshee.

Titus Ninus Virius repartit vers la villa, toujours suivi de son chien. Le manque d'explications de Banshee le laissait perplexe et, pourtant, sans pouvoir se l'expliquer, il avait envie de lui faire confiance. *Je suis fou de laisser le sort de mon fils bien-aimé entre les mains de cette barbare*, pensa-t-il néanmoins en rangeant les actes de vente qu'il avait préparés pendant la nuit pour céder son domaine à son voisin. *Mais pourquoi pas? Je préfère tout essayer que d'enrichir encore plus cet horrible Lucius Oppius Bruccius…*

Les pirates ciliciens croisaient au large de Kypros, guettant les navires marchands romains qui ravitaillaient la cité-État et les provinces qui en dépendaient. Depuis trois jours, aucun bateau ne s'était montré et les pirates avaient hâte d'en découdre de nouveau avec les Romains.

– Voile, voile! cria un homme posté à bâbord.

Aussitôt, ce fut le branle-bas de combat sur le pont. Tous, armés de javelots et d'arbalètes, regagnèrent leur poste.

Les trois vaisseaux qui venaient dans leur direction avaient une allure étrange pour ces marins habitués à traquer les lourds navires romains. Entièrement construits en cœur de chêne, ces bateaux à carène* plate possédaient une proue et une poupe fort élevées, ce qui leur permettait de braver les vagues les plus fortes de l'océan. Constituées de peaux tannées et traitées à la graisse, leurs voiles pouvaient résister aux tempêtes les plus déchaînées. Les rames maniées par les marins étaient très longues, les pirates n'en avaient jamais vu de telles. De ces navires montaient des clameurs terribles qui firent se dresser les cheveux sur la tête de ces écumeurs des mers pourtant rompus aux pires horreurs.

Arrivés à quelques encablures, les pirates purent distinguer des ombres blanches et filiformes qui se mouvaient sur les ponts ennemis comme dans un macabre ballet. L'un des marins comprit aussitôt à qui ils avaient affaire.

– Les Celtes, les Celtes… sauve qui peut !

Sautant sur leurs rames, les Ciliciens souquèrent ferme pour tenter de s'éloigner au plus vite du danger, mais, peine perdue, les navires celtes étaient beaucoup plus maniables et rapides. L'un se plaça à tribord, l'autre à bâbord, et le troisième décrivit de larges cercles autour du bateau pirate, lui enlevant toute possibilité de fuite.

Pourquoi n'attaquent-ils pas? se demanda le capitaine en jetant de fréquents coups d'œil par-dessus les hauts bords des trois navires celtes. En effet, le pont des trois vaisseaux était vide… Pas âme qui vive pour activer les armes pourtant visibles sur le gaillard d'avant*.

Alors qu'il se retournait pour lancer des ordres à ses hommes, le capitaine se retrouva face à face avec une forme blanche, presque transparente, aux longs cheveux de neige hirsutes.

– Co… comment êtes-vous monté sur mon navire? demanda-t-il en s'étouffant presque.

Mais en disant ces mots, il avait déjà formulé la réponse dans son esprit. *J'ai affaire à des morts, des revenants sortis tout droit de l'enfer!*

– Nous ne vous voulons aucun mal, déclara la forme blanche. Livrez-nous vos prisonniers romains et vous repartirez, libres comme l'air.

– Mais…, ne put s'empêcher de protester le capitaine tremblant, ce sont nos otages!

– Sans discuter, reprit la forme blanche. Sortez-les des cales maintenant et faites-les monter dans notre navire qui va vous aborder à tribord.

Superstitieux comme tous les gens de mer, les Ciliciens étaient pétrifiés de terreur, car ils venaient tous de comprendre que les équipages des trois navires étaient en fait les âmes des marins celtes morts en mer au fil des années. Pas un des pirates n'osait bouger pour chasser la forme blanche qui avait pris pied sur leur propre navire.

Sur un geste de la main du capitaine, qui sentait le froid de la mort se glisser le long de ses cordes vocales pour l'empêcher de prononcer le moindre mot, la cale fut ouverte et les Romains, sortis sans ménagement des profondeurs humides et nauséabondes du bateau. Toujours en silence et frissonnants de crainte, les Ciliciens firent passer les soldats romains par-dessus bord. Ces derniers protestèrent, mais, en découvrant la forme blanche et les âmes errantes qui les attendaient, eux aussi furent pétrifiés de terreur. Les Ciliciens allaient procéder au transfert des marchands capturés, mais la forme blanche fit un signe de la main.

– Nous vous laissons les marchands… Vous n'aurez pas tout perdu dans l'aventure !

Une fois que tous les soldats romains furent montés à bord, les trois bateaux celtes s'éloignèrent, tandis qu'un voile de brume tombait sur la mer pour masquer leur départ. La panique s'empara alors des pirates qui hissèrent les voiles et se hâtèrent de quitter à tout jamais ces parages hantés.

Chapitre 13

Entre-temps, à Ériu, Lug avait pris le commandement de l'armée des Thuatha Dé Danann. Il envoya Dagda repérer le camp des Fomoré, histoire de voir ce qu'ils faisaient et de les empêcher d'attaquer les Thuatha Dé Danann avant que ceux-ci ne soient prêts.

En arrivant à l'entrée d'une vallée où coulaient deux ruisseaux, l'un vers l'est et l'autre vers l'ouest, le Dieu Bon aperçut une jeune et jolie femme qui se lavait dans l'onde claire. Elle avait posé le pied droit dans le ruisseau qui s'en allait vers l'est et le pied gauche dans l'autre. Dagda reconnut Morrigane, la magicienne des Tribus de Dana. Elle portait une longue robe rouge sang, et sa chevelure, noire comme la plume de corbeau, retombait en cascade sur ses reins.

– Que fais-tu donc ici, Morrigane? l'interrogea Dagda. Il me semble que Lug t'avait confié une mission particulièrement importante…

– Que crois-tu donc que je suis en train de faire? J'obéis à Lug. Je répands mes sortilèges vers l'est et l'ouest, parce que c'est au confluent* de ces deux cours d'eau que se déroulera la bataille contre les Fomoré. Et toi, que fais-tu ici?

– Lug m'a demandé de trouver le camp des Fomoré, expliqua le dieu suprême. Je dois les retarder le plus longtemps possible, le temps que nos artisans puissent fabriquer les armes les plus redoutables jamais conçues.

– Ne cherche pas le camp, Dagda. Je sais où il se trouve. Tu vois cette nuée d'oiseaux noirs qui se précipitent en piaillant vers le soleil couchant, eh bien, il n'est pas difficile de deviner d'où ils viennent, affolés de la sorte. Ils ont été effrayés par une armée horrible. Ils arrivent des environs de la plaine de Moytura…

– Merci de ton aide, Morrigane. C'est donc là-bas que je vais me rendre pour les espionner et voir ce que je peux faire pour les retarder tout le temps nécessaire.

Dagda quitta la magicienne et se rendit comme il l'avait dit dans la plaine de Moytura. Il se glissa parmi les hautes herbes, puis s'embusqua derrière des rochers situés en surplomb de la plaine, et attendit. Finalement, pris d'une soudaine inspiration, le Dieu Bon se releva et se dirigea vers les gardes qui surveillaient les alentours du campement, auxquels il s'adressa sans détour :

– Me reconnaissez-vous? Je suis Dagda, dieu suprême des Thuatha Dé Danann. Je dois parler à votre commandant en chef. Conduisez-moi auprès d'Indech.

Les gardes s'empressèrent de satisfaire sa demande avec déférence, car tous le considéraient comme un sage parmi les sages.

– Sois le bienvenu dans mon humble camp, noble Dagda, lui dit Indech en l'accueillant. Que puis-je faire pour toi?

– Je suis venu discuter avec toi du lieu de la bataille. Je propose la plaine de Moytura, car elle est large et bien dégagée…

– Ce lieu me convient parfaitement, répondit Indech. C'est d'ailleurs la raison pour laquelle notre campement est installé tout près. Dagda, me feras-tu l'honneur de goûter au repas que je t'offre pour sceller notre accord?

Comme il était fort gourmand, Dagda accepta l'invitation avec joie. Mais Indech avait une idée derrière la tête. Convaincu que Nuada à la Main d'argent ne pourrait diriger les armées des Thuatha Dé Danann, puisqu'il avait été blessé, le chef de guerre des Fomoré pensait que ce serait Dagda qui en prendrait le commandement. Il ne savait pas que Lug s'était allié au camp ennemi. Indech était sûr que, si Dagda n'était pas en état de faire son travail de chef de guerre, les Fomoré battraient leurs adversaires sans coup férir.

Donc, pour commencer, les serviteurs d'Indech proposèrent de la bière et de l'hydromel à

Dagda. Autant qu'il en voulait pour lui embrouiller l'esprit. Pendant ce temps, les cuisiniers fomoré préparaient la bouillie, car ils savaient que Dagda en était friand. Ils remplirent le chaudron du roi Téthra avec du lait de brebis frais, de la farine de châtaigne et de la graisse de porc. Puis ils y jetèrent des chèvres, des moutons et des cochons qu'ils firent bouillir. Mais, puisque Dagda ne pouvait manger tout cela dans le chaudron brûlant, on prépara une fosse que l'on étaya avec des pierres sèches et des morceaux de bois. Puis on versa le contenu du chaudron à l'intérieur, en y ajoutant de l'ail sauvage et des fines herbes, pour le goût.

– Qu'est-ce que cette façon de servir les invités ? se plaignit Dagda. Où est la vaisselle d'or du roi ? Je ne mangerai pas comme un vulgaire animal…

– Si tu ne fais pas honneur à notre repas, je serai dans l'obligation de te tuer, car je ne te laisserai pas retourner chez toi en disant que les Fomoré ne savent pas bien traiter leurs invités, le menaça Indech.

Dagda n'avait pas le choix. Il commença par dévorer un demi-cochon, puis une brebis, enfin une chèvre. Il trouva finalement que la nourriture était fort bonne et mangea toute la viande avant de terminer la bouillie. Les Fomoré, étonnés, avaient fait cercle autour de lui et se moquaient de sa gloutonnerie, mais ils furent encore plus abasourdis de le voir vider la fosse et même d'en racler le fond pour ne pas laisser une seule trace du repas.

Une fois repu, Dagda se sentit alourdi et demanda à s'allonger pour mieux digérer. On le conduisit à la couche princière d'Élatha. Et tous les Fomoré vinrent le voir à tour de rôle pour se gausser de lui pendant sa sieste.

– Eh bien, si tous les dieux des Tribus de Dana ressemblent à Dagda, comment s'étonner qu'ils ne veuillent jamais payer de tribut en blé et en troupeaux? Ils préfèrent tout manger, fit Élatha en rigolant.

– Ce sera bien facile de les battre, ajouta Indech. Ils sont si lourds et si gras qu'ils dormiront sur le champ de bataille.

Finalement, Dagda se réveilla au son des railleries, mais il ne se sentait pas très bien, car il avait vraiment trop mangé, alors il décida de ne pas répliquer à leurs moqueries. Il préféra quitter le campement fomoré pour retourner chez les Thuatha Dé Danann afin de leur apprendre ce qu'il avait vu et entendu. Mais la dimension de sa panse l'empêchait de se déplacer avec agilité. Il dut même ramasser une branche d'arbre pour s'aider dans sa marche.

Finalement, non loin du camp des Tribus de Dana, le dieu suprême aperçut des enfants qui jouaient dans un ruisseau. Ils rirent de sa démarche mal assurée et de son air débraillé, et lui jetèrent des pierres. Furieux, Dagda jura de faire payer aux Fomoré le mauvais tour qu'ils lui avaient joué, car ils étaient la cause de sa honte devant les enfants.

Pendant ce temps, chez les Fomoré, les préparatifs allaient bon train. Les lances, les épées, les massues et les boucliers rutilaient. Tous s'étaient réunis autour du roi Téthra qui les haranguait pour leur donner du courage et de l'audace.

– Ah ! ces Thuatha Dé Danann prétentieux vont s'en mordre les doigts d'avoir osé nous défier ! affirma Indech.

– Oui, demain, leurs os seront réduits en poussière…, répondit Élatha en ricanant.

Mais Bress, qui avait été roi des Tribus de Dana, était moins convaincu que son père et son grand-père de l'issue de la bataille.

– Je crois qu'il faudrait éviter l'affrontement, déclara-t-il, et tenter de négocier avec eux.

– Serais-tu lâche, mon fils ? s'insurgea Élatha. Aurais-tu peur de te mesurer aux Tribus de Dana ?

– Certainement pas ! fit Bress, offensé. Je parle dans l'intérêt de tous. Pour ma part, je participerai au combat et je m'y conduirai comme doit le faire un homme noble et digne. Mais que se passera-t-il si nous exterminons les Thuatha Dé Danann jusqu'au dernier ? Qui nous servira d'esclaves pour ensemencer les champs et faire les récoltes, qui s'occupera des troupeaux, qui construira nos forteresses et nos maisons? Tory est une île au milieu du brouillard, une terre aride où presque rien ne pousse, nous avons besoin que les Thuatha Dé Danann nous procurent de la nourriture et des richesses en abondance.

Élatha, le père, et Indech, le grand-père de Bress, écoutaient ces propos avec attention. Le jeune homme avait entièrement raison.

– Dans notre intérêt, il vaut mieux que les Tribus de Dana acceptent de me rendre la royauté. Ainsi, je pourrai vous fournir tout ce dont vous avez besoin pour vivre, continua Bress.

– Tu as raison, admit Téthra. Que vingt hommes parmi les plus courageux, les plus cruels et les plus terribles d'entre nous se rendent dans le camp des Thuatha Dé Danann pour négocier leur reddition. Il faut les impressionner par notre détermination et notre apparence. S'ils acceptent que Bress redevienne leur roi, il n'y aura pas de bataille. Mais s'ils refusent, alors nous les combattrons jusqu'à qu'ils disparaissent tous de cette terre.

Une vingtaine de guerriers hideux et lourdement armés se mirent en route vers Tara, la capitale des Thuatha Dé Danann. Lorsqu'il vit arriver cette troupe hargneuse et puante, Gamal, le portier de la forteresse, prit peur. Néanmoins, il demanda aux Fomoré ce qu'ils voulaient. Puis il s'empressa d'aller trouver

Nuada pour lui faire part des exigences de leurs ennemis. Ils voulaient qu'on leur livre du bétail, des récoltes, des objets précieux et, surtout, que l'on rétablisse Bress dans ses droits. À l'annonce de ces revendications, Nuada fulmina :

— Qu'on aille dire à ces guerriers que plus jamais les Thuatha Dé Danann ne seront les esclaves de quiconque, que plus jamais Bress, fils d'Élatha, ne régnera sur notre peuple. Nous livrerons bataille au jour fixé et au lieu dit et nous détruirons tous les Fomoré jusqu'au dernier.

Gamal rapporta fidèlement les propos de Nuada aux guerriers et ceux-ci repartirent vers leur campement pour faire part de la réponse à Téthra et à Indech.

Lug, ayant appris la visite des émissaires, se précipita dans la forteresse et entra dans une colère noire lorsque Nuada lui apprit les exigences des Fomoré.

— Vous avez subi l'oppression de Bress pendant tout ce temps ; il vous a réduits en esclavage, et vous laissez repartir ses émissaires sains et saufs ? Êtes-vous devenus fous ?

— C'étaient simplement des messagers, nous ne pouvions faire autrement, dit Nuada pour tenter de le calmer.

— Je me fiche de vos scrupules, continua Lug. Téthra avait envoyé ses meilleurs hommes. Il fallait les massacrer ou les retenir en otages pour qu'ils ne puissent pas nous nuire dans la bataille que je m'active à préparer. Je vais les poursuivre et leur faire payer cher leur audace.

– Non, ce n'est pas à toi d'y aller, lança alors Miach, un autre fils du dieu-médecin Diancecht. Je m'en charge !

Et avant que personne ne pût réagir, Miach avait déjà sauté sur son cheval et s'était élancé en dehors de Tara, sur les traces des Fomoré.

Aussitôt, les Thuatha Dé Danann se mirent en route pour aller établir leur camp à quelque distance de celui des Fomoré, sur une colline d'où ils avaient une vue dégagée sur la plaine de Moytura.

Le lendemain matin, à la première heure du jour, la bataille débuta. Les rois, les princes, les nobles et les dieux n'y prenaient pas part ; seuls les guerriers et les champions les plus valeureux, les plus ardents, les plus téméraires des deux partis croisaient le fer. Toutefois, un terrible sort s'abattait sur les armes fomoré.

– C'est bizarre, lança Seanchab, un guerrier. Toutes nos armes, que ce soit nos javelots, nos épées, nos lances ou nos flèches, se détériorent avant même que nous ne puissions les utiliser.

– Et nos gens qui sont tués à la bataille ne reviennent pas le lendemain… ce n'est pas juste, enchaîna Salmhor, un autre combattant.

Les choses étaient bien différentes chez les Thuatha Dé Danann. Lorsqu'une arme était brisée ou ébréchée, son propriétaire la retrouvait, dès le lendemain, intacte, toujours aussi redoutable et meurtrière. Cela était possible grâce au travail ingénieux et patient de Goibniu qui ne cessait de fabriquer pointes de lances et de javelots, épées et boucliers, et qui les réparait en moins de trois coups sur l'enclume. En trois coups également, Luchta le charpentier confectionnait les hampes de bois, les polissait et les mettait en place, sans ajustement supplémentaire. Quant aux guerriers, ils étaient rapidement remis sur pied par Diancecht, aidé d'Octriuil, qui opérait sans relâche, et d'Airmed, qui avait charmé une source pour en faire une Fontaine de Santé. Dès qu'un blessé ou un mort y était baigné, il était guéri ou revenait à la vie, plein de fougue et encore plus combatif qu'avant.

Après de nombreuses escarmouches qui leur coûtèrent plusieurs valeureux guerriers, les Fomoré finirent par comprendre qu'ils étaient les victimes des maléfices des Thuatha Dé Danann.

– Ruádan, tu es le fils de Bress et de Brigit, la fille de Dagda, donc tu appartiens autant au clan de Dana qu'au nôtre, je te charge de t'introduire dans le camp de nos ennemis et de les espionner, fit Téthra à l'intention d'un jeune homme qui n'avait pas l'allure hideuse des Fomoré.

Le jeune guerrier s'acquitta promptement de sa tâche, puis, après un engagement sur le champ de bataille, il revint parmi les siens pour raconter comment les artisans des Tribus de Dana réussissaient à fabriquer et à réparer leurs armes en deux temps, trois mouvements, et comment les médecins soignaient les blessés et ramenaient les morts à la vie.

– Voilà qui n'arrange guère nos affaires! déclara Indech. Que pourrions-nous faire?

– J'ai une idée! s'exclama Ruádan. Je vais retourner chez les Thuatha Dé Danann et je vais me débarrasser du forgeron. J'ai un plan.

De nouveau, le fils de Bress et de Brigit se joignit aux armées des Tribus de Dana. Il alla voir Goibniu le forgeron pour qu'il lui donne une pointe de javelot; il demanda à Luchta le charpentier de lui fabriquer un solide manche de bois; puis, à Credné le bronzier, il réclama de bons rivets pour fixer la pointe sur le manche. Ensuite, quand il eut un javelot de bonne dimension et bien solide, il se rua sur Goibniu et lui enfonça la pointe de son arme dans le dos, le blessant grièvement. Goibniu réussit toutefois à arracher l'arme des mains de son agresseur et se retourna contre lui; il le transperça de part en part. Le cri de mort de Ruádan retentit jusqu'au camp fomoré et vrilla les tympans de son père, Bress.

Brigit, la mère du renégat, se précipita sur la dépouille de son fils, et ses larmes et lamentations firent frissonner tous les dieux, tous les héros, tous les champions, tous les druides d'Ériu jusqu'au fond de leur âme.

Simultanément, Airmed s'élança vers Goibniu et le précipita dans la Fontaine de Santé où les herbes magiques qu'elle y avait disposées guérirent instantanément le forgeron. Celui-ci retourna aussitôt à son travail et poursuivit sa tâche en fabriquant les armes les plus redoutables jamais créées. Le plan de Ruádan avait échoué.

Chez les Fomoré, la mort de Ruádan jeta la consternation dans sa famille et son clan. Cependant, Octriallach, le frère d'Élatha et le père de Foltor, se souvint d'une tactique déjà employée par son fils pour venir à bout de la Fontaine de Santé des prêtresses de Tombelaine.

– Que chacun d'entre nous prenne une pierre dans le lit de la rivière de l'est et aille la jeter dans la rivière de l'ouest, car c'est là que la Fontaine de Santé des Thuatha Dé Danann prend sa source. Lorsque la rivière sera comblée, elle ne pourra plus alimenter la Fontaine qui deviendra inutile aux combattants des Tribus de Dana. Ainsi, leurs blessés et leurs morts ne reviendront plus nous tuer. Nous serons à égalité.

Les Fomoré mirent le plan à exécution et tout se passa comme Octriallach l'avait prévu.

Le combat reprit donc et chacun des deux clans laissa beaucoup de valeureux guerriers sur le champ de bataille. Ce jour-là, on ne vit sur la plaine de Moytura que des lances acérées, des boucliers solides, des casques rutilants. Plus durs que les rochers, plus traîtres que les serpents et plus ardents que le feu, les guerriers fondirent les uns sur les autres, mais aucun des deux camps ne put prendre l'avantage. Lorsque la nuit vint, les combats cessèrent enfin.

– Demain, il faudra que les nobles se lancent dans la bataille, décréta Nuada à la Main d'argent, car nous commençons à manquer de vaillants guerriers. Mais je ne peux permettre au noble Lug de risquer sa vie. Je pense qu'il faut l'empêcher d'aller au combat.

– Tu as raison, il faut protéger Lug, opina Ogme. Mais ce multiple artisan peut nous conduire à la victoire, car il est le plus valeureux et le plus capable d'entre nous. Que pourrons-nous faire sans lui ?

– N'aie crainte, le rassura Nuada. Nos guerriers sauront résister à ces cruels Fomoré même si Lug n'est pas là pour diriger les opérations. Il est le meilleur d'entre nous, nous ne devons pas exposer inutilement sa vie, car il est notre maître, celui qui sait établir les meilleures stratégies. Gardons-le en réserve !

– Il refusera de rester à l'écart, protesta encore Ogme.

– Je sais ce qu'il faut faire! s'exclama Nuada à la Main d'argent.

Et il exposa son plan pour garder Lug à l'écart des coups.

Chapitre 14

Avant la bataille, en l'honneur de Lug, Nuada à la Main d'argent donna un grand festin auquel il convia tous les dieux, tous les héros, tous les champions, tous les guerriers et tous les druides des Thuatha Dé Danann. Personne ne fut oublié.

La fête battait son plein, et Lug appréciait la délicate bière qui guérissait tous les maux et la douceur mielleuse de l'hydromel qui coulait à flots. Ceraint, l'échanson, avait reçu pour consigne de ne jamais laisser vide le gobelet du dieu de la Lumière. Alors, il le remplissait avant même que Lug ne soit arrivé au fond. Puis des musiciens jouèrent leurs plus beaux airs sur leur lyre ou leur cornemuse, si bien que Lug finit par s'assoupir, ivre à la fois d'alcool et de musique. Enfin, Craftiné le harpiste entra en action. Il joua tant et si bien l'air du sommeil que le jeune dieu s'en alla tout droit au pays des songes. Ogme, dieu de l'Éloquence, et Aine, déesse de la Folie, en profitèrent pour enchaîner le héros, ainsi que le leur avait ordonné

Nuada. Puis ils le ligotèrent étroitement à un solide menhir bien fiché en terre. Lug ne s'aperçut de rien.

Finalement, comme le matin se levait, les dieux, les nobles et les guerriers prirent leurs armes en silence et se glissèrent furtivement hors du camp, en prenant bien soin de ne pas réveiller le dormeur. Seul Craftiné resta pour veiller sur Lug qui continuait de ronfler sans se douter de quoi que ce fût.

Celtina possédait l'escarboucle, mais celle-ci ne lui était d'aucune utilité. Elle devait absolument la remettre à Nuada pour qu'il puisse se servir de nouveau de Caladbolg, l'épée de Lumière. Elle se demandait comment entrer en contact avec les Thuatha Dé Danann pour leur rendre cet inestimable trésor. Assise sur un rocher, à deux pas de l'entrée du Tertre Douloureux, elle réfléchissait à ce qu'elle devait faire.

J'ai affronté l'Autre Monde, se dit-elle brusquement, *et j'en suis revenue. Donc, je peux certainement me glisser dans le passage secret qui part de la Tombe de Balan pour gagner Ériu où les dieux sont retournés. Je ne risque pas de tomber en poussière, je porte la marque de Dagda.* Pour s'en convaincre, elle passa son doigt sur son front, à l'endroit où était tatoué le triskell, symbole de son passage par le Keugant, le Gwenwed et l'Abred. *Et je connais aussi le secret de la naissance du monde… Non, je ne risque rien. J'y vais!*

Une fois sa résolution prise, Celtina bondit sur ses pieds, prit son sac et glissa l'escarboucle au milieu de ses plus précieux trésors. Comme la mer était basse, elle put sans problème regagner les rives armoricaines aux abords du Village de mer. Cette fois, elle prit grand soin de ne pas s'attarder et de surveiller du coin de l'œil l'arrivée de la marée. Puis, d'un bon pas, elle remonta vers le nord, en direction de Tombelaine.

Après une journée de marche, la jeune prêtresse eut la chance de croiser un paysan qui menait deux chevaux à la foire d'une ville des environs. Elle obtint une monture en échange d'une des pièces d'or qui restaient dans sa bourse. Ainsi, la route lui parut plus facile et surtout plus rapide à parcourir.

En trois jours et trois nuits, sans prendre de repos, elle fut de retour près de Tombelaine. Elle remarqua que les coracles ayant transporté les prêtresses qui veillaient autrefois sur la Tombe de Balan étaient toujours amarrés à l'endroit où Ueleta les avait échoués. Elle en détacha un, sauta à bord et rama de toutes ses forces vers l'îlot, tandis que son cheval, laissé libre de faire ce qu'il voulait, broutait les herbes salées du rivage.

Arrivée près de la Tombe de Balan, Celtina hésita. Elle attendit, espérant que Sessia ou une autre déesse apparaîtrait pour lui faciliter le passage, mais, ne voyant personne, elle se décida à affronter le souterrain toute seule.

N'ayant aucune lumière pour éclairer ses pas, elle eut l'idée de sortir l'escarboucle de son sac, et ce qu'elle espéra se produisit : le joyau se mit à briller de mille feux, éclairant le passage secret devant elle. Elle descendit un long escalier aux marches de pierre, puis s'aventura dans un couloir étroit, humide et sombre. Mais, cette fois, la crainte ne s'attacha pas à ses sandales. Elle avançait, légère et confiante, même si, parfois, une araignée avait eu la malencontreuse idée de tisser sa toile à la hauteur de son visage ou si une chauve-souris frôlait sa tête d'un battement d'ailes.

Grâce à cette galerie, Celtina put se déplacer dans l'espace et dans le temps à une vitesse prodigieuse. Elle eut conscience que sa marche s'accélérait et, pourtant, elle n'était ni essoufflée ni fatiguée. Elle se sentait propulsée par une force qu'elle ne pouvait contrôler et qui émanait du souterrain lui-même.

La prêtresse déboucha enfin à quelques pas de la forteresse de Tara. Le ciel était sombre ; la brume, opaque. La capitale des

Thuatha Dé Danann lui parut fort silencieuse et abandonnée. *Et si jamais il leur est arrivé malheur,* songea-t-elle, *que vais-je faire?*

Inquiète, elle poussa la porte de la forteresse qui était restée entrebâillée quand tous les hommes et toutes les femmes des Tribus de Dana étaient partis à la guerre. Ne voyant aucun garde, elle s'enhardit et pénétra dans l'énorme oppidum de pierre. Ce fut ainsi qu'elle découvrit Craftiné, assis aux pieds de Lug toujours assoupi et ligoté à son menhir. Le harpiste frottait les cordes de son instrument d'un air distrait afin de maintenir le jeune dieu dans son sommeil. Il arrêta net sa musique dès qu'il aperçut Celtina, ce qui eut aussi pour effet de ramener Lug à la réalité.

Après quelques secondes d'hésitation, le dieu de la Lumière prit enfin conscience de son étrange position.

– Que se passe-t-il, Craftiné? Comment se fait-il que je sois attaché à ce menhir? Et d'où viennent tous ces cris que j'entends?

– Je ne peux te le dire, fit Craftiné en grimaçant de gêne. Comme toi, j'entends les cris des Fomoré et les incantations de Morrigane, de Nemain et de Banba qui jettent sur eux tous les sortilèges qu'elles connaissent.

– J'entends aussi Goibniu qui forge des armes sur son enclume, ajouta Lug en se tortillant pour se défaire de ses liens.

– J'ignore ce qui se passe dans la plaine, murmura Craftiné en rougissant.

– Tu mens ! s'exclama Lug. Détache-moi. Tu sais bien que tous ces bruits sont ceux d'une bataille. Je dois aller à la rescousse de notre peuple pour le conduire à la victoire. Dénoue ces liens !

– C'est impossible, dit Craftiné en s'éloignant de Lug. Les nœuds ont été faits par Ogme et Aine, et je n'ai pas la force des guerriers ou des héros pour les défaire, je ne suis qu'un musicien.

Lug se débattit encore, mais les liens s'étaient trop resserrés. Il ne réussit qu'à se blesser les poignets, ce qui lui arracha des cris de douleur et de fureur.

Celtina s'avança vers le dieu, courbant la tête en signe de respect, légèrement embarrassée mais néanmoins déterminée. Dans le creux de la main, elle tenait l'escarboucle lumineuse qu'elle présenta à Lug.

– Je suis Celtina du Clan du Héron. Et… et je viens te porter l'escarboucle qui est tombée de Caladbolg durant la bataille contre les Fir-Bolg. Elle doit être remise sur l'épée de Lumière pour que Nuada puisse vaincre ses ennemis.

– Quoi ? s'exclama Lug, pétrifié. L'épée de Lumière n'est pas plus meurtrière que le dard d'une abeille sans l'escarboucle. Comment se fait-il que Nuada soit parti à la guerre sans s'apercevoir que son épée n'avait plus aucun pouvoir ? Détache-moi. Vite, il en va de la survie de notre peuple !

Celtina hésita à poser ses mains sur les cordes qui avaient été nouées par des dieux aussi puissants qu'Ogme et Aine.

– Ne crains rien, le triskell te protège, l'encouragea Lug. Vite, détache-moi, je dois voler au secours des Thuatha Dé Danann.

Alors, les doigts habiles de Celtina défirent les nœuds. Les cordes étaient à peine tombées sur ses chevilles que Lug se précipita vers le lieu où les armées s'affrontaient. Le vacarme de sa course fut si effroyable que tous les combattants cessèrent de se frapper, le regardant autant avec effroi qu'étonnement ou admiration.

L'ayant suivi à distance, Celtina arriva au sommet de la colline tout essoufflée. Elle vit que l'armée fomoré et celle des Tribus de Dana s'étaient écartées l'une de l'autre, tellement Lug était impressionnant de force et de fureur. Sa voix retentit et la prêtresse entendit tous ses propos.

– Ce n'est pas bien ce que tu as fait, Nuada. Ton comportement n'est pas digne d'un héros de sang royal. Je suis le nouveau commandant et il me revient de mener la bataille, selon les plans que j'ai établis. Regarde, vous vous êtes engagés dans la bataille sans prendre le temps de préparer vos assauts… et tu ne t'es même pas aperçu que Caladbolg ne porte plus sa gemme magique. Ton épée n'est pas plus dangereuse que le bâton de bois que l'on donne aux enfants pour les amuser.

Nuada retourna son épée et découvrit que Lug disait vrai: il était plus désarmé qu'un nouveau-né. La pensée de ce qui aurait pu lui arriver lui coupa bras et jambes.

– Retournez tous au camp, ordonna Lug, et attendez mon signal. Je vous enverrai à la bataille au moment voulu, lorsque je serai sûr que nous pourrons nous débarrasser des Fomoré à tout jamais.

Tous les dieux et les héros regagnèrent leur camp, la mine défaite et l'oreille basse. Tous? Pas tout à fait! Car Lug avait confié une importante mission à Morrigane. À la faveur de la nuit, la déesse des Champs de bataille devait se faufiler dans le camp fomoré.

– Celtina du Clan du Héron! s'exclama Dagda en découvrant l'adolescente qui les attendait au sommet de la colline en compagnie de Craftiné le harpiste. Je vois que tu as su vaincre ta peur pour surmonter les obstacles.

– Je suis heureuse de te voir, lui dit aussi Sessia en la serrant dans ses bras.

Puis ce fut au tour de Brigit, d'Angus et de Mac Oc de lui donner l'accolade.

– Raconte-nous tes exploits, jeune prêtresse, lui lança Dagda pour l'encourager.

Cette nuit-là, autour du feu de camp, Celtina raconta comment elle avait réussi à récupérer l'escarboucle en surmontant les épreuves imposées par l'Avaleur d'âmes et Wyvern, le serpent ailé. Et tous la félicitèrent chaudement, lui confirmant qu'elle pourrait dorénavant voyager comme elle l'entendait dans l'Autre Monde, sans craindre pour sa vie. Elle pourrait vaincre le temps et l'espace, un privilège qui n'avait jamais été accordé à aucun être humain.

Le lendemain, Morrigane la magicienne revint au camp avant même que Sirona n'ait quitté les cieux. Selon les vœux de Lug, elle s'était rendue auprès du chef de guerre fomoré Indech, puis, profitant de son sommeil, elle lui avait coupé la tête. Elle ramenait son trophée au camp pour le montrer à tous les combattants, ce qui raviva leur ardeur.

Lug prit la parole pour prodiguer ses encouragements à ses troupes :

— Il vaut mieux périr que de continuer à vivre sous le joug* des Fomoré. Plus jamais nous ne devrons nous soumettre.

Puis, se tournant vers Celtina, le jeune dieu de la Lumière ajouta :

— Et les peuples de Celtie comptent aussi sur nous pour les débarrasser de ces êtres malfaisants. Nous ne pouvons nous permettre d'échouer.

Des gorges des guerriers monta un terrible cri de guerre, tandis que les Thuatha Dé Danann brandissaient leurs armes vers les cieux.

Lug ferma un œil, se tint debout sur une seule jambe et entonna un chant druidique tout en tournant autour de ses guerriers. Ce rituel permettait au dieu de la Lumière d'invoquer un don de double vue et de provoquer une extase guerrière. Celtina ouvrait grand les yeux et les oreilles. Elle ne manqua pas une note, pas un mot de l'incantation qu'elle se promit d'apprendre par cœur, car cela pourrait un jour l'aider à vaincre ses propres ennemis, les Romains.

Puis, dans le désordre, les Thuatha Dé Danann déferlèrent sur la plaine de Moytura au-devant des Fomoré qui les attendaient déjà sur le champ de bataille. Chacun se mit à frapper avec force celui qui lui faisait face. Celtina, accrochée aux basques* de Dagda, qui veillait sur elle, ne pouvait pas se battre contre les dieux, mais, en se mêlant aux troupes, elle apprenait les tactiques et les stratégies déployées par Lug. *Je dois tout connaître pour apprendre cela à mon tour au peuple de Celtie lorsqu'ils se soulèveront contre les Romains,* se disait-elle.

Colère et férocité, mais aussi honte et honneur, furent les principaux sentiments qui régnèrent dans les deux camps. La plaine de

Moytura résonnait d'un grand fracas. Tous les animaux avaient fui les lieux ; même les oiseaux avaient déserté le ciel, pris d'une grande frayeur devant un tel tumulte. Les héros des deux camps tombaient les uns après les autres. Dans la mêlée, Lug, qui avait revêtu ses plus beaux atours, brillait à la lumière du jour, resplendissant de courage, de force et d'ardeur. Il brandissait sa lance dont le fer était empoisonné. Il s'agissait d'une longue lance à cinq pointes à laquelle personne ne pouvait échapper. Mais c'était surtout sa fronde qui causait les plus grands dommages dans les rangs fomoré. Inspirés par son exemple, les dieux des Tribus de Dana se battaient comme des fauves déchaînés.

Au hasard de la lutte, Lug se retrouva brusquement en face de Balor à l'Œil mauvais. Ce monstre, effrayant et repoussant, possédait un œil unique toujours fermé, et cet œil avait une particularité : il pouvait paralyser et foudroyer une armée entière par un puissant jet invisible et maléfique.

Celtina connaissait la réputation de Balor. Avant tout chef de guerre et magicien des Fomoré, c'était un être inhumain, hideux et démoniaque. Il personnifiait le Chaos et la Destruction. Chez les Celtes, il était vénéré comme le dieu de la Mort, commandant aux Forces des ténèbres. Il incarnait les forces négatives du Mal. Son pouvoir ne pouvait être tenu en échec que par une seule personne, un héros annoncé par une prophétie qui avait été faite, au moment de sa naissance, à Buarainech, son père. Cette prophétie avait empoisonné toute son existence et surtout celle de sa famille, car, selon la prédiction, ce héros serait son propre petit-fils. Et ce petit-fils était justement dressé devant lui en ce moment même. Lug était en effet le fils caché d'Ethné, fille de Balor, et de Cian, premier né de Diancecht, le dieu-médecin des Thuatha Dé Danann.

Durant des années, Balor avait tout fait pour retarder cette fin tragique. Il avait même enfermé Ethné, sa fille, à l'écart de tous, l'empêchant ainsi d'avoir le moindre ami. Mais un jour, Cian, plus malin que les autres, avait réussi à s'introduire dans la tour où le Fomoré retenait sa fille. Elle était tombée amoureuse de ce beau guerrier venu à son secours. Et, quelques mois plus tard, elle avait donné naissance à des triplés. Cependant, Balor avait ordonné qu'on les jette à la mer. Heureusement, l'un d'entre eux avait survécu, il s'agissait de Lug. Pour le protéger de son grand-père, Ethné l'avait confié à sa meilleure amie, Tailtiu, la fille de Magmor, un chef de guerre fir-bolg qui l'avait élevé, lui donnant une éducation digne qui avait fait de lui cet être de lumière, ce multiple artisan, le meilleur de tous les dieux.

Et ce fut ainsi que, bien des années plus tard, sur un champ de bataille, Lug, le héros de la prophétie, et Balor à l'Œil mauvais se retrouvèrent face à face et se défièrent.

Balor appela quatre hommes pour soulever la paupière de son œil maléfique, cette arme avec laquelle, d'un regard, il foudroyait ses ennemis. Ceux-ci, pétrifiés tant par le poison que par la peur, demeuraient paralysés jusqu'à ce que mort s'ensuivît.

– Acceptes-tu de cesser le combat? demanda Lug à son grand-père pour lui offrir une chance de déjouer le sort qui pesait sur lui. Ainsi, autant les Fomoré que les Thuatha Dé Danann seront saufs. Tu pourras ramener tes troupes dans ton île du Brouillard et échapper à la malédiction.

– Soulevez-moi cette paupière qui m'empêche de voir ce bavard qui m'apostrophe avec impertinence, lança Balor à ses guerriers.

Les quatre Fomoré obéirent, mais Lug se garda bien de regarder son grand-père dans son œil maléfique. Néanmoins, le dieu de la Lumière ne put réprimer un frisson de peur en songeant à la cavité sombre et gluante qui observait les Tribus de Dana. Alors, il s'empressa de recommander à tous de baisser les yeux. Mais, soudain, Lug constata que Nuada faiblissait, Caladbolg lui échappait des mains. Le roi des Thuatha Dé Danann avait osé fixer l'œil malveillant et toutes ses forces étaient maintenant drainées par ce trou noir et béant. Nuada n'avait pas songé à utiliser Caladbolg pour détourner le rayon de la mort qui avait pénétré profondément en lui. Il s'écroula sur le sol, paralysé; sa vie s'échappait par sa bouche grande ouverte, dans un appel au secours qui ne sortirait jamais.

Balor se baissa et ramassa l'épée de Lumière, celle qui assurait la victoire à celui qui savait la manier. Celtina tremblait de tous ses membres. Le pouvoir allait-il passer des mains bienveillantes des Thuatha Dé Danann à celles, diaboliques, des Fomoré? S'il en était ainsi, toutes ses chances de défendre la Celtie venaient d'être anéanties par ce simple geste. Balor brandit Caladbolg au-dessus de sa tête, et une énorme clameur monta de la gorge des Fomoré maintenant convaincus que la victoire ne pouvait plus leur échapper.

CHAPITRE 15

Entre les mains de Balor, l'épée de Lumière devenait une véritable menace autant pour les dieux que pour les hommes de Celtie. Mais comment la lui reprendre? Personne n'osait affronter son œil maléfique. Celtina moins que les autres, après avoir constaté comment Nuada avait péri, foudroyé par ce rayon invisible qui l'avait vidé de toute sa substance.

Balor avait acquis ce don terrible durant sa petite enfance. Un jour, alors qu'il n'était encore qu'un bambin à peine capable de se traîner sur son unique jambe, il s'était approché des druides de son père qui faisaient bouillir des herbes magiques. Les vapeurs empoisonnées qui s'échappaient du chaudron l'avaient atteint à l'œil. Depuis, Balor à l'Œil mauvais disposait d'une arme redoutable dont il n'hésitait jamais à se servir.

Maintenant, Balor s'amusait à se trémousser autour de Lug, le menaçant non seulement de son œil maléfique, mais aussi de Caladbolg qu'il agitait en tous sens. Le jeune dieu de la Lumière respira profondément pour retrouver toute sa contenance; il ne devait pas se laisser impressionner et déstabiliser par les gesticulations de son grand-père.

Sur un geste de Lug, Goibniu s'approcha de son nouveau commandant en chef qui murmura très bas, de manière à n'être pas entendu par qui que ce fût d'autre que le forgeron.

– Apporte-moi une pierre de fronde, la plus terrible qui soit. Il faut qu'elle soit blessante et merveilleuse. Elle doit être assez magique pour atteindre Balor à l'œil, de façon à l'anéantir. Je compte sur ta science, mon bon Goibniu.

Le dieu-forgeron se précipita à Tara où les deux fils de Nuada, Édern et Gwynn, ses apprentis, forgeaient depuis des heures les pointes de javelots et les épées dont avaient besoin les Thuatha Dé Danann sur le champ de bataille. Il leur apprit la terrible nouvelle du décès de leur père bien-aimé. Ressentant cette mort comme une provocation, les deux adolescents jurèrent à Goibniu qu'ils mettraient tout en œuvre pour fabriquer une pierre de fronde d'une puissance inégalée afin de venger leur père. Ils se mirent au travail avec fureur. Tandis qu'Édern activait le feu de la forge, Gwynn y plongea une énorme masse de fer, la tournant dans la flamme et la frappant sur l'enclume pour lui donner une forme parfaite. Cette balle serait la plus meurtrière jamais conçue par les Tribus de Dana. Lorsque Goibniu la plongea dans l'eau glacée pour la refroidir, tout le liquide s'évapora. La pierre de fronde était si lourde que les apprentis ne parvenaient pas à la soulever, même en s'y mettant à deux. Goibniu l'apporta lui-même sur le champ de bataille.

Il était d'ailleurs grand temps que le forgeron revînt dans la plaine de Moytura, car Balor continuait son œuvre de destruction. Autour du dieu Lug gisaient de nombreux guerriers, blessés à mort par le jet violent et rempli de venin qui sortait de l'œil maléfique. Dagda s'évertuait à faire un paravent de son corps pour tenir Celtina à l'écart du rayon fatal, tout en prenant garde lui-même de n'être pas touché.

Goibniu arriva enfin près du jeune dieu. Mais la chaleur et la vapeur qui émanaient de la pierre de fronde ainsi que les étincelles lumineuses qui jaillissaient de l'épée de Lumière brandie par le Fomoré brûlèrent la peau de tous ceux qui tentèrent de s'approcher du lieu où Lug et Balor se faisaient face.

Lug s'empressa d'attraper avec adresse la pierre créée par le dieu-forgeron, la plaça dans sa fronde, puis la fit tournoyer au-dessus de sa tête. De toutes ses forces, il lança le projectile vers son grand-père. Il ajusta si bien son tir que la pierre traversa la peau très dure de la paupière du Fomoré et vint percuter directement l'orbite noire de l'œil magique, faisant jaillir le rayon mortel par l'arrière du crâne du monstre. Les troupes fomoré, qui s'étaient massées derrière leur chef de guerre pour lui laisser le champ libre, n'eurent pas le temps de s'écarter, et le jet paralysant tomba sur eux, tuant un grand nombre de guerriers et de nobles. Mais, à la faveur de la confusion qui s'ensuivit sur le champ de bataille, Balor s'enfuit avant que Lug ne pût l'achever.

Sur ces entrefaites, Morrigane apparut à son tour dans la plaine de Moytura, exhibant la tête d'Indech dont elle s'était emparée durant la nuit. Elle hurla sa victoire à la face des Fomoré, se vantant de son exploit : comment elle avait profité du sommeil drui-dique dans lequel elle avait plongé leur chef de guerre. Encouragés par ce rappel de l'acte de Morrigane, les dieux des Tribus de Dana se lancèrent dans un assaut final. Élatha, fils d'Indech et père de Bress, fut parmi les premiers nobles fomoré à tomber sous les coups.

Constatant cela, Bress se précipita sur Lug avec l'intention de venger son père. Ils échan-gèrent des coups terribles. L'ancien roi des Thuatha Dé Danann parvint à blesser Lug à trois endroits, mais le jeune dieu de la Lumière répliqua coup pour coup, et Bress songea qu'il était perdu.

Toutefois, les guerriers fomoré étaient coriaces, et plusieurs vinrent à son secours. L'un d'eux poussa trois grands cris paralysants en direction de Lug, tandis que ses compagnons faisaient pleuvoir sur lui une pluie de javelots, de lances et de flèches. Heureusement, Lug était un guerrier expérimenté, sachant habilement déjouer les pièges magiques et manier son bouclier. Les cris ne le troublèrent pas outre mesure, puisqu'il réussit à dresser une barrière mentale entre eux et lui, pendant qu'il évitait tous les projectiles. Puis, les ayant fait tomber sur le sol, il les piétina jusqu'à les réduire en monceaux de ferraille. Toutefois, cette attaque n'était qu'une diversion qui avait permis à Bress de s'éclipser. Lug et les Thuatha Dé Danann eurent beau le chercher partout, ils ne le virent nulle part.

Entre-temps, affolés par la furie guerrière des Thuatha Dé Danann, tous les Fomoré s'étaient repliés vers la côte, cherchant à embarquer dans leurs navires pour retourner à Tory, leur île du Brouillard. Au milieu d'eux se tenait Balor qui tentait d'emporter l'épée de Lumière.

Profitant des déplacements magiques de Dagda, qui avait étendu sa protection et ses pouvoirs sur sa tête, Celtina se retrouva aux premières loges pour s'apercevoir du vol. Ne pouvant se résoudre à laisser Caladbolg entre les mains du chef de guerre fomoré, elle profita d'un moment d'inattention de la part du monstre pour s'élancer vers lui et lui arracher l'épée des mains.

Mais aussitôt, sur une invocation de Balor, une armée de spectres venus du Chaos et de la Destruction l'entoura, cherchant à la piéger et à la faire tomber. Sentant le linceul de la Mort lui effleurer le cou, l'adolescente comprit qu'elle ne devait pas toucher le sol, dans lequel cas tous les revenants se précipiteraient sur elle pour lui voler son souffle de vie. Elle agrippa l'épée de Lumière à deux mains et la tint fermement devant elle, s'en protégeant comme d'un paravent infranchissable. Caladbolg était sa seule chance de se défendre contre les Fomoré et les spectres qu'ils avaient lancés contre elle.

Levant bien haut l'épée, qui s'était parfaitement adaptée à sa taille et à sa force, elle frappa à droite, elle frappa à gauche, chassant les silhouettes décharnées au visage grimaçant. Elle entendait les os des infâmes squelettes craquer, les têtes de mort se détacher des échines, et voyait les yeux morts s'écarter de la lumière éclatante de l'escarboucle. Rien ni personne ne pouvait lui résister. Avec Caladbolg, Celtina pouvait mettre en déroute toute l'armée fomoré à elle seule. Elle sentit un étrange sentiment de puissance l'envahir, comme une joie sauvage d'être invincible. Avec l'épée de Lumière, elle pourrait anéantir toutes les armées romaines sans difficulté, et même s'en prendre à César en personne. Sa poitrine se gonfla d'orgueil. *Je suis l'Élue, je les anéantirai tous*, s'enflamma-t-elle, le regard brillant de vanité.

Puis un cri retentit. C'était Lug qui, ayant repéré Balor sur la plage, lui lançait un défi. Le cri ramena Celtina à la réalité, elle se rendit compte qu'elle était en train de se laisser prendre au piège de l'arrogance. *Je ne dois pas me laisser envahir par ce sentiment de supériorité*, pensa-t-elle en se reprenant, *il ne pourrait causer que ma perte. Maève nous a tant de fois répété que vanité et envie ne pouvaient dominer la vie des druides. Je dois mieux me contrôler.*

Le cri avait aussi surpris Balor qui, désarmé, se retourna. Lug était arrivé directement sur lui. Le dieu de la Lumière ne lui laissa aucune chance. Il transperça le dieu de la Mort de sa lance magique.

Dans le ciel, les rayons de Grannus percèrent le léger voile de brume et éclairèrent la scène d'une lumière vive.

– Souviens-toi que je suis ton grand-père, hurla le Fomoré. Ne cherche pas à m'humilier davantage…

– Tu es en train de t'humilier toi-même en me demandant grâce, répliqua Lug, fou de rage.

– Je ne te demande pas la vie sauve, mais simplement de me traiter comme un noble, supplia Balor. Puisque tu m'as vaincu, tranche-moi la tête et place-la sur ton propre crâne.

Ainsi, ma valeur guerrière passera en toi. C'est l'héritage que je te laisse, en souvenir de ta mère Ethné, ma fille adorée.

En effet, selon le rituel des dieux celtes, en prenant la tête d'un héros, qu'il fût ennemi ou ami, le guerrier prenait possession de toutes ses qualités, notamment de sa gloire et de son courage.

— Parmi tous mes descendants, ajouta Balor, tu es le plus valeureux et le plus digne.

— Je ferai comme il me plaira, rétorqua Lug.

Voyant que son grand-père, affaibli par toutes ses blessures, s'écroulait, Lug s'en approcha et lui coupa la tête, comme le Fomoré l'avait demandé. Puis, tenant le crâne monstrueux par sa chevelure visqueuse, le jeune dieu la plaça sur le sommet d'un pilier de pierre. La chaleur intense qui se dégagea de la tête fit éclater le granit en miettes.

— Franchement, merci de ce beau cadeau, mon grand-père! fit Lug, ironique, en s'adressant au corps sans vie. Si j'avais suivi ton conseil et placé ta tête sur la mienne, j'aurais subi pire tourment que ce pilier de pierre. Ta méchanceté et ton ressentiment envers moi t'ont suivi jusque dans la mort.

Ce fut à ce moment qu'un chant long et plaintif, un air funèbre, retentit sur le rivage. C'était Lochrí, le poète fomoré, qui mettait fin à la bataille en chantant les exploits de son chef de guerre, célébrant son courage, sa ruse et sa mort.

Ainsi, comprenant qu'ils étaient vaincus, les survivants fomoré se transformèrent en piliers de pierre, servant de brisants* aux vagues de la mer. Lug les avertit toutefois qu'il allait les anéantir sous cette forme si personne ne lui disait où trouver Bress, le traître. Sous la menace, les monstres redevinrent eux-mêmes et l'un d'eux désigna un amas de rochers où Bress avait trouvé refuge. Lug s'y précipita, tandis que les derniers Fomoré sautaient dans leurs navires et prenaient le large sans jeter un regard en arrière.

– Sois maudit, fils d'Élatha! lança le dieu de la Lumière en menaçant le renégat qu'il débusqua derrière un gros rocher. C'est ta faute si nous avons souffert de l'esclavage; c'est ta faute si les terres de Celtie ont dû subir l'oppression des Fomoré; c'est ta faute si cette bataille sanglante a décimé la moitié de ton peuple et presque autant du mien...

– Épargne-moi! supplia Bress. Je te serai plus utile vivant que mort. Je peux m'assurer que toutes les vaches des Thuatha Dé Danann et des Celtes donnent toujours du lait en abondance...

– Nous n'avons pas besoin de toi pour cela, répliqua Lug en posant sa lance à cinq pointes sur la poitrine du Fomoré. Tu n'as plus aucun pouvoir sur nos troupeaux ni sur ceux de Celtie.

– Je peux vous assurer de belles moissons, continua Bress.

– Tu dis n'importe quoi, tu n'es plus le roi, fit Lug, moqueur. Tu n'as plus à dispenser de richesses.

Il appuya un peu plus fortement les pointes empoisonnées contre la poitrine de Bress.

– Si tu m'épargnes, je te dirai trois choses que les Thuatha Dé Danann ignorent et qui vous donneront le pouvoir à tout jamais. Mais tu dois me garantir la vie sauve… Maintenant !

Lug hésita. Si Bress disait vrai, les Tribus de Dana pouvaient-elles se passer d'un secret qui assurerait leur pouvoir pour l'éternité ?

– C'est bon ! Dis-moi ce secret, j'accepte de te laisser repartir…

– Il faut toujours labourer un mardi, semer un mardi et moissonner un mardi ! lança Bress en rigolant.

Grâce à cette ruse inventée de toutes pièces, Bress venait de sauver sa vie et il s'éloigna en riant et en se moquant de la naïveté des Thuatha Dé Danann.

Lug était furieux de s'être laissé prendre à un piège aussi grossier.

– Tu ne peux pas revenir sur ta parole, au risque de perdre ton honneur, le prévint

Dagda en l'empêchant de se lancer à la poursuite de Bress.

Le feu sortait par les yeux de braise du jeune dieu de la Lumière, mais il finit par se calmer et rejoignit les autres dieux réunis un peu plus loin.

Ogme avait trouvé l'épée du roi Téthra. Il était en train de la nettoyer. Alors qu'il en frottait le tranchant, l'épée se mit à parler. Orna, l'épée magique des Fomoré, raconta les exploits qu'elle avait accomplis. Les Thuatha Dé Danann frémirent en entendant le récit de toutes les mauvaises actions et de tous les massacres perpétrés par les dieux venus de l'île du Brouillard. Lug conseilla au dieu de l'Éloquence de se débarrasser de cette arme maudite. Ogme maugréa, tourna et retourna l'arme entre ses doigts, puis, faisant semblant d'obéir et d'aller la jeter à la mer, il cacha l'épée parmi les siennes.

Puis les guerriers et les nobles des Tribus de Dana dressèrent des amas de pierres sur les corps des héros qui étaient tombés pendant la bataille. Morrigane la magicienne était là aussi et Dagda l'interrogea sur l'avenir des Thuatha Dé Danann, maintenant que les Fomoré avaient fui Ériu et qu'ils n'y reviendraient pas de sitôt.

– Le triomphe est total maintenant, déclara la voyante, mais l'avenir est moins lumineux pour les Tribus de Dana. Dans les temps à venir, le monde que je vois ne me plaît guère. Il y aura des étés sans fleurs, des brebis et des vaches sans lait, des hommes sans courage, des arbres sans fruits et des mers sans poissons. Rien ne sera plus comme avant. Les hommes se trahiront ; les fils combattront les pères. Voilà ce que je vois pour l'avenir. Mais, en ce jour de victoire, je ne veux que célébrer le triomphe des Thuatha Dé Danann.

Morrigane se mit à chanter un chant joyeux qui racontait les heures de gloire des Tribus de Dana dans la plaine de Moytura.

Celtina profita de l'allégresse ambiante pour s'approcher de Lug qui, grâce au chant de Morrigane, avait retrouvé sa bonne humeur. Elle lui tendit Caladbolg, car c'était lui qui était le plus digne de la porter.

– Garde l'épée de Lumière, jeune prêtresse, déclara-t-il d'un ton ferme. Caladbolg ne m'est pas destinée. Elle doit retourner dans les Îles du Nord du Monde, près de celui qui l'a fabriquée. Un jour, sous le nom d'Excalibur, elle appartiendra à un vaillant chevalier qui saura l'utiliser pour une noble quête. Je te confie la mission de la rapporter au druide Uiscias, dans l'île de Findias.

– Mais…, balbutia Celtina, je… je veux aider les Celtes et retrouver ma famille…

Dagda posa sa main sur son épaule et la serra contre lui.

— Le moment de la grande bataille des Celtes contre les Romains n'est pas encore venu, pas plus que celui où tu retrouveras ta famille. Tu as encore des épreuves à surmonter, des obstacles à franchir, beaucoup de choses à apprendre. Tu es l'Élue des Thuatha Dé Danann, tu dois nous servir avant de servir ta propre cause.

Lexique

Chapitre 1

Affranchi: Esclave libéré

Auspices (nom masc., toujours au pluriel): Présages

Coracle (nom masc.): Canot léger celtique, avec une armature de bois sur laquelle sont tendues des peaux tannées

Équinoxe (nom masc.): Période de l'année où le jour a une durée égale à celle de la nuit (équinoxe du printemps, équinoxe d'hiver)

Gwalarn (nom masc.): Mot breton («galerne» en français) désignant le vent du nord-ouest qui souffle sur la Bretagne

Légat (nom masc.): Fonctionnaire romain qui administrait les provinces pour le compte de l'empereur

Ragondin (nom masc.): Petit rongeur qui vit dans les cours d'eau

Chapitre 2

Goémon (nom masc.): Algue marine

Simagrées (nom fém., surtout au pluriel): Comportement destiné à attirer l'attention

Chapitre 3

Barde (nom masc.): Druide-poète

Conciliabule (nom masc.): Conversation où l'on chuchote

Dilemme (nom masc.): Choix difficile entre deux idées contraires

Furie (nom fém.): Divinité infernale

Harpie (nom fém.): Monstre à tête de femme et à corps de vautour

Imprécation (nom fém.): Malédiction

Intransigeance (nom fém.): Caractère d'une personne qu'on ne peut faire changer d'idée

Satire (nom fém.): Poème écrit pour se moquer de quelqu'un ou lui lancer une malédiction

Chapitre 4

Bocage (nom masc.): Lieu ombragé, petit bois

Bosta (nom masc.): Mot gaulois: creux de la main, mesure de poids

Cabochon (nom masc.): Pierre précieuse non taillée

Escarboucle (nom fém.): Variété de grenat rouge foncé d'un vif éclat

Chapitre 5

Castrum (nom masc.): Camp fortifié romain

Fantassin (nom masc.): Combattant à pied

Futaie (nom fém.): Forêt d'arbres très élevés

Nemeton (nom masc.): Mot gaulois: enceinte sacrée, sanctuaire

Panse (nom fém.): Gros ventre, bedaine

Soufflet (nom masc.): Instrument destiné à souffler de l'air

Vivre aux crochets: Vivre à la charge de quelqu'un

CHAPITRE 6

Moignon (nom masc.): Extrémité d'un membre amputé

CHAPITRE 7

Ablutions (nom fém., surtout au pluriel): Lavage du corps pour le purifier

Bar (nom masc.): Poisson marin très vorace, aussi appelé «loup»

Chenal (nom masc.): Passage ouvert pour la navigation

Condisciple (nom masc.): Personne ayant le même maître

Congre (nom masc.): Poisson sans écailles ressemblant à un serpent, aussi appelé «anguille de mer»

Dorade (nom fém.): Poisson marin comestible

Gemme (nom fém.): Pierre précieuse

Morgate (nom fém.): Poisson se reproduisant dans le golfe du Morbihan, aussi appelé «seiche»

Primeurs (nom fém., surtout au pluriel): Premier fruits et légumes de la saison

CHAPITRE 8

Banatlos: Mot gaulois: genêt à balai (plante)

Belenountia: Mot gaulois: jusquiame (plante)

Beliokandos: Mot gaulois: achillée millefeuille (plante)

Déferlante (nom fém.): Vague particulièrement forte

Linteau (nom masc.): Pièce horizontale de bois, de pierre

Nodule de pyrite (nom masc.): Pierre ferreuse en forme de nœud

Perce-pierre (nom fém.): Salicorne ou criste-marine, plante des lieux salés

Ratis: Mot gaulois: fougère (plante)

Soc de charrue (nom masc.): Partie en fer qui racle le sol

Svibitis: Mot gaulois: lierre (plante)

Vortex (nom masc.): Tourbillon creux

CHAPITRE 9
Tribut (nom masc.): Impôt imposé par le vainqueur au vaincu

CHAPITRE 10
Arceau (nom masc.): Objet en forme de petite arche

Crosse (nom fém.): Ligne recourbée à son sommet

Oursin (nom masc.): Animal du fond des mers couvert d'épines

CHAPITRE 11
Airain (nom masc.): Bronze très dur

Bivouac (nom masc.): Installation provisoire, campement

CHAPITRE 12
Ballistas (pluriel): Sorte d'arbalètes géantes romaines

Carène (nom fém.): Partie immergée de la coque d'un bateau

Étrave (nom fém.): Partie saillante sur le devant d'un bateau

Gaillard d'avant (nom masc.): Superstructure à l'avant du pont d'un bateau

Limes (nom masc., toujours au pluriel): Système de fortification romain le long des frontières de l'Empire

Patricien (nom masc.): Personne de l'aristocratie romaine

Quinquérème (nom masc.): Galère romaine à cinq bancs de rames

Talent (nom masc.): Mesure de poids qui équivaut environ à 67 kg chez les Romains (de 25 kg à 27 kg chez les Grecs de l'Antiquité)

CHAPITRE 13
Confluent (nom masc.): Endroit où deux cours d'eau se rejoignent

CHAPITRE 14
S'accrocher aux basques de quelqu'un: Ne pas le quitter d'un pas

Être sous le joug de quelqu'un: Être sous sa contrainte

CHAPITRE 15
Brisants (nom masc., surtout au pluriel): Rochers éloignés de la côte où les vagues viennent se briser

Dieux et héros issus de la mythologie celtique (bretonne, écossaise, galloise et irlandaise)

Les Thuatha Dé Danann
(aussi appelés les Tribus de Dana)

Agrona : La déesse des Différends

Aine : La déesse de l'Amour, de la Fertilité et de la Folie

Airmed : La fille de Diancecht, une déesse-médecin

Andrasta : La déesse de la Révolte

Banba : La magicienne et la déesse des Combats

Boann : La femme de Dagda

Bress : Le champion et le second roi des Thuatha Dé Danann

Brigit : La fille de Dagda, la femme de Bress

Carthba : Un druide

Ceraint : Le dieu-échanson

Cessair : La déesse des Commencements, la déesse mère

Coirpré : Un druide-poète

Craftiné : Le harpiste

Credné : Le dieu-bronzier

Dagda : Le Dieu Bon, le dieu suprême

Dana : La première déesse, elle a donné son nom aux Thuatha Dé Danann (les Tribus de Dana)

Diancecht : Le dieu-médecin, père de Octriuil et d'Airmed

Ecné : Le dieu de la Connaissance

Édern : L'un des fils du roi Nuada à la Main d'argent

Épona : La déesse des Cavaliers et des Chevaux

Éracura: La déesse des Souterrains
Érine: La mère de Bress
Ethné: La mère de Lug, la femme de Cian, la fille de Balor
Flidais: La déesse de la Forêt et des Animaux sauvages
Gamal: Le portier borgne de Tara
Goibniu: Le dieu-forgeron
Grannus: Le soleil
Gwynn: Le deuxième fils de Nuada à la Main d'argent
Luchta: Le dieu-charpentier
Lug: Le dieu de la Lumière, le fils de Cian et d'Ethné, le petit-fils de Balor, le Fomoré
Macha la noire: La magicienne, la Dame blanche
Morrigane: La magicienne et la déesse des Champs de bataille
Nemain: La magicienne et la déesse de la Guerre, la femme de Nuada
Nuada à la Main d'argent: Le roi mythique des Thuatha Dé Danann
Octriuil: Le fils de Diancecht, un druide-médecin
Ogme: Le dieu de l'Éloquence
Rosmerta: La déesse de la Santé
Sessia: La déesse des Semailles et des Germinations
Sirona: La lune
Uiscias: Le druide de Findias, dans les Îles du Nord du Monde

Les Fir-Bolg (les Hommes-Foudre)
Cesaird: Un druide
Eochaid: Le roi de l'île Verte (Irlande)
Fatach: Un druide-poète
Ingnathach: Un druide

Streng: Le champion des Fir-Bolg

Tailtiu: La fille de Magmor, la nourrice de Lug

Les Fomoré (dieux de la Mort et du Mal)

Balor à l'Œil mauvais: Le chef de guerre des Fomoré

Élatha: Le prince des Fomoré, le père de Bress

Indech: Un chef de guerre des Fomoré, le grand-père de Bress

Octriallach: Le fils d'Indech, le frère d'Élatha, le père de Foltor

Salmhor: Un combattant fomoré

Seanchab: Un combattant fomoré

Téthra: Le roi des Fomoré

PERSONNAGES OU OBJETS ISSUS DE LÉGENDES BRETONNES, ÉCOSSAISES, GALLOISES, GAULOISES ET IRLANDAISES

Baian: Le fils de la lumière

Caladbolg: L'épée de Lumière (Excalibur)

Gargan: Un géant nordique

Grid: Un géant nordique

Sènes: Les neuf prêtresses gauloises de Senos (île de Sein)

Wyvern: Le serpent ailé (dans certaines légendes, on l'appelle « la vouivre »)

DIEU ROMAIN

Minerve: La déesse de la Sagesse, de la Guerre, des Sciences et des Arts, du Mariage et des Naissances

Personnages et peuples ayant réellement existé

Abrincates: Peuple gaulois de la Manche, région d'Avranches (Normandie, France)

Allobroges: Peuple gaulois de la région de Vienne (Isère, France)

Ambiens: Peuple belge du nord de la Gaule, région d'Amiens (France)

Andes: Peuple gaulois de l'Anjou, région d'Angers (France)

Atrébates: Peuple belge de l'Artois, région d'Arras (France)

Avernes: Peuple gaulois de l'Auvergne, région de Clermont-Ferrand (France)

Bituriges: Peuple gaulois de la région de Bourges (France)

Bellovaques: Peuple belge de l'Oise, région de Beauvais (France)

Britons: Peuple celte de la région du sud-ouest de l'Angleterre

Boduognat: Le roi des Nerviens

Cadurques: Peuple gaulois du Quercy, région de Cahors (France)

Camulogenos: Le chef des Parisii (Lutèce-Paris)

Carnutes: Peuple gaulois de la région de Chartres et d'Orléans (France)

Catuvolcos: Le chef des Éburons

Cavarillos: Le chef des fantassins éduens

Cetillos: Le chef des Avernes, père de Vercingétorix

Ciliciens: Peuple de la Cilicie (Turquie)

Commios: Le roi des Atrébates

Convictolitavis et Époredorix : Les chefs des Éduens
Correos : Le roi des Bellovaques
Curiosolites : Peuple armoricain des Côtes-d'Armor, région de Corseul (Bretagne, France)
Dalmates : Peuple thrace de Dalmatie (Croatie)
Drappes : Le roi des Sénons
Dumnacos : Le roi des Andes
Durotriges : Peuple gaulois de la région du Dorset (Angleterre)
Éburons : Peuple belge des Ardennes, entre la Meuse et le Rhin (France)
Éburovices : Peuple gaulois de l'Eure, région d'Évreux (Normandie, France)
Éduens : Peuple gaulois de la Saône-et-Loire, région de Saint-Léger-sous-Beuvray, Autun (France)
Indutionmare : Le roi des Trévires
Jules César : Le général romain, futur empereur
Lémovices : Peuple gaulois de Poitou-Charentes et du Limousin, région de Limoges (France)
Lexoviens : Peuple gaulois du Calvados, région de Lisieux (Normandie, France)
Lingons : Peuple gaulois de la Champagne-Ardennes, région de Langres (France)
Litaviccos : Le rois des Éduens
Lucterios : Le roi des Cadurques
Ménapes : Peuple belge de la région de Dunkerque (France) et de Tournai (Belgique)
Morins : Peuple belge du Pas-de-Calais, région de Boulogne (France)
Namnètes : Peuple armoricain de la Loire, région de Nantes et d'Angers (France)

Nerviens: Peuple belge de la région de Cambrai (France) et du Hainaut (Belgique)

Osismes: Peuple armoricain du Finistère, région de Carhaix (Bretagne, France)

Parisii: Peuple gaulois de la région parisienne, Paris (Lutèce)

Pictons: Peuple gaulois du Poitou, région de Niort et de Poitiers (France)

Quintus Titurius Sabinus: Légat de Jules César en Normandie

Rèmes: Peuple belge de la Champagne-Ardennes, région de Reims (France)

Santons: Peuple gaulois des Charentes, région de Sainte et de Rochefort (France)

Sénons: Peuple gaulois de la Bourgogne, région de Sens (France)

Suessions: Peuple belge de l'Aisne, région de Soissons (France)

Tectosages: Peuple gaulois des Pyrénées, région de Toulouse (France)

Trévires: Peuple belge du duché du Luxembourg

Unelles: Peuple gaulois de la Manche, région de Coutances (Normandie, France)

Vénètes: Peuple armoricain du Morbihan, région de Vannes (Bretagne, France)

Vercingétorix: Le roi des Avernes, le Roi des rois

Viridorix: Le roi des Unelles

Viromanduens: Peuple belge du Vermandois, région de Saint-Quentin (France)

LIEUX MYTHIQUES

Druim Caín : Tara, capitale mythique de l'Irlande (comté de Meath)

Findias : Une des Îles du Nord du Monde

Magh Rein : La terre de débarquement des Thuatha Dé Danann, en Irlande

Míodhchuarta : La salle des banquets de Tara

Mont des Otages : Près de Druim Caín, en Irlande

Plaine de Lia : La Plaine des Piliers (Moytura, en Irlande)

Tombe de Balan : Le tertre de Tombelaine

PERSONNAGES ET LIEUX INVENTÉS

Arzhel : Un élève de Mona, appelé aussi Koad, le mage de la forêt

Avaleur d'âmes : Le vortex et le serviteur de Wyvern

Banshee : La mère de Celtina

Caradoc : Le petit frère de Celtina

Celtina : Une élève de Mona, l'Élue

Énogat : Un ancien élève de Mona, un Fomoré

Foltor : Un chef de guerre fomoré

Gwenfallon : Le père de Celtina

Irold : Le père d'Énogat, un Fomoré

Labaros : Le barde du Village de mer

Maponos : L'archidruide, le Sanglier royal

Moritix : Le navigateur vénète

Senoto : Le druide-magicien du Village de mer

Tertre de la Grande Abîme : La cachette de Grid le géant

Tertre Douloureux : La cachette de Wyvern, le serpent ailé

Thessalos : L'esclave affranchi, médecin grec
Titus Ninus Virius : Un Romain, maître de Banshee et de Caradoc
Yorn : Un jeune guerrier fomoré

LIEUX RÉELS
Aquae Sextiae : Aix-en-Provence (France)
Calédonie : Écosse
Cilicie : Ancienne province romaine (sud de l'Asie mineure, Turquie)
Cotentin (presqu'île du) : Normandie, France
Crociatonum : Carentan ou Saint-Côme-du-Mont, selon les archéologues (Normandie, France)
Ériu ou île Verte : Irlande
Forêt des Carnutes : Peut-être Saint-Benoît-sur-Loire, région de Chartres (Eure-et-Loir, France)
Govero : Île de Gavrinis (Bretagne, France)
Gwened : Vannes (Bretagne, France)
Kypros : Chypre
Larmor : Le Village de mer, Larmor-Baden (Bretagne, France)
Mor-Breizh : La mer de Bretagne, La Manche
Petite Mer : Golfe du Morbihan (Bretagne, France)
Senos : Île de Sein (Bretagne, France)
Tombelaine : Îlot situé près du Mont-Saint-Michel (Normandie, France)
Tory : Oileán Toraigh (Irlande)
Toscane : Région d'Italie